新世纪
文学观察

主编：续小强

贾平凹《古炉》论

王春林　著

山西出版传媒集团

北岳文艺出版社

BEIYUE LITERATURE & ART PUBLISHING HOUSE

图书在版编目（CIP）数据

贾平凹《古炉》论／王春林著.— 太原：北岳文艺出版社，2015.5
ISBN 978-7-5378-4387-4

Ⅰ.①贾… Ⅱ.①王… Ⅲ.①长篇小说－小说评论－中国－当代
Ⅳ.① I207.425

中国版本图书馆 CIP 数据核字（2015）第 055946 号

书　名：贾平凹《古炉》论
著　者：王春林
责任编辑：贾江涛
书籍设计：张永文

出版发行：山西出版传媒集团·北岳文艺出版社
地址：山西省太原市并州南路 57 号
邮编：030012
电话：0351-5628696（太原发行部）
010-84364428（北京发行中心）
0351-5628688（总编办）
传真：0351-5628680　010-84364428
网址：http://www.bywy.com
E-mail: bywycbs@163.com
经销商：新华书店
印刷装订：山西人民印刷有限责任公司

开本：787×1092　1/16
字数：133 千字
印张：11.25
版次：2015 年 5 月第 1 版
印次：2015 年 5 月山西第 1 次印刷
书号：ISBN 978-7-5378-4387-4
定价：29.80 元

序

/ 续小强

新世纪以来，王春林的文学评论越来越受到关注和重视。如此判断，是以读者、作家、高校、作协等的各类反应为依据的。一个特别苦的行当，一种长居幕后的写作，以文学评论目前的影响，以所居地域的偏远，他成为一个独特的"存在"便是殊为不易的。他，一定是付出了超常的劳动。

为一部新出版不久的当代小说写一部长篇的专论，他完全是在挑战俗常对于文学评论的定识。一般同行于此行径，嫉妒讥笑之余仍是不齿。他似乎在讨好贾平凹，可他却没有得到任何的好处。要说讨好，我看他也只是在讨好《古炉》，讨好一部好的长篇；讨好，而甘受文学的蛊惑和驱使。这是为什么呢？傻得可爱；单纯到幼稚的地步，便是一种痴迷与痴爱。他的这般情怀如今已然稀缺而变得孤立，不得不让人感动。

未履行任何手续，王春林将《古炉》认定为"一部伟大的中国小说"。如果他是一位什么主席，大约为了屁股计，他一定不会讲得这么狠，而为了和好的平衡，他也一定不会讲得这么绝。好在他只是一位蜗居太原且与各类中心不搭界的评论家。说自己想说的话，即便是表扬个人与表彰中国，竟也是不易的。

讲了狠话，就会有人跟上来。有些人把它当成靶子，准备了许多炮弹、导弹，轰炸与攻击，这也都是正常的。生死善恶便是生态的平衡。我读过《古炉》，许多读过《古炉》的人们，并没有被这些重武器喝倒，如今还在咀嚼《古炉》的滋味，纵然渺小得过分，也却是对王春林的鼓励与帮扶。

从这部专论中，我们可以清晰地窥测到王春林文学评论的程式。他的体量庞大。他的单篇评论常以万言计，对《古炉》而成数十万言专论，便不奇怪了。

他的精神底子，核心是八十年代的启蒙主义、人道主义。这一文学立场，即是他文学评论的精神坐标。他一再强调《古炉》的"文革"书写，和此紧密相关。

他的理论方法，主要源自西方。从这一部专论的组织架构去看，是再显豁不过了。以彼之矛，攻己之盾，不仅是他，也是当代文学评论家的主要策略。在这一阴影下，他们不断地挣扎挣脱，与文学创作比拼，在"历史""意识形态"之外，从未放弃寻找自身批评话语的努力。在这一专论中，"乡村世界的常态化书写"的概念展开，以及贾平凹"生活流式的叙事"探讨，都可看作他个人化的努力。因之于他文学评论家的身份特性、文学评论文本形式的局限以及其个人语言表达的阻隔，这些个人化的发现未得到深入的挖掘，是极为遗憾的。

对于小说人物形象的分析，王春林特别注意的是女性人物。如果从其过往的文学评论中进行抽取，编辑一册女性人物的专论集，大约是毫不费事的。这还不一定就是王春林的故意，老实说，我们文学的男性书写确实十分贫弱。在这部专论中，他也特别地论说了"蚕婆"和"杏开"

两位女性。他更看重的，是女性人物形象塑造背后的文化意味。而我认为，如此这般是有愧于小说家对于女性的态度的。

作为王春林的学生，我为有这样的老师感到骄傲。但对于他文学评论的"语文状态"我一直是持批评态度的。如此情绪，甚至是我 2000 年后放弃文学评论写作与阅读的一条导线。"语文状态"是我生造的一个词组。最近几年，学界关于文学研究与批评的语文问题已经有许多讨论，这对他，仍是可作为必须警惕的一个问题。

王春林与我亦师亦友多年，我们共同经历了太多文学与生活的事故。我一直把他当成一个典型的"亚斯伯格症"（Asperger's syndrome）患者，而多少年下来，他也就仍然如此。他的胡子，他的体型，他的酒风，他在山西大学的疾行，他遗留文坛的种种掌故，是其文风之外的骨风。这些开阔而悠长的文学记忆，与他的煌煌文章一道，便交织而成我心目中的评论家王春林了。

3

目录

第一章
"文革"书写与乡村常态世界

*

第一节 "文革"书写

　　读解《古炉》，我们首先应该注意到这是一部典型的"文革"叙事小说。我们虽然不是简单的题材决定论者，但如果无视于题材的意义价值，很显然也无助于我们更为深入地理解剖析贾平凹的《古炉》。我们注意到，在《古炉》的后记中，贾平凹不无感慨地写道："对于'文革'，已经是很久的时间没人提及了，或许那四十多年，时间在消磨着一切，可影视没完没了地戏说着清代、明代、唐汉秦的故事，'文革'怎么就无人有兴趣呢？或许是不堪回首，难以把握，那里边有政治，涉及评价，过去就过去吧。"实际的情况，较之于贾平凹的说法，略有出入。根据我并不完全的观察，仅仅局限于新世纪以来的长篇小说领域，诸如毕飞宇的《平原》、余华的《兄弟》、王安忆的《启蒙时代》、刘醒龙的《圣天门口》、东西的《后悔录》、阿来的《空山》、莫言的《生死疲劳》与《蛙》、苏童的《河岸》、虹影的《好儿女花》，等等，就曾经以全部或者极大的篇幅涉及了对于"文革"的描写。然而，虽然以上作品均涉及了关于

"文革"的描写，但在实际上，其中因为对"文革"的表现而特别引人注目者，其实是寥寥无几屈指可数的。在我看来，导致这种情况的根本原因，一方面固然可能是因为作家并未把主要精力放在对"文革"的思考与表现上，但在另一方面，更关键的恐怕却是因为以上作品对"文革"的透视与反思并没有抵达应有的深度和力度，并未达到令人震惊的地步。当然，更进一步地追究起来，则此种情况的形成，也可能有两个方面的原因：一是受制于我们时代的政治意识形态禁锢，二是作家个人的艺术功力终究有限。别的且不说，单就贾平凹在当下的文化语境中，能够打破某种无形的思想禁锢，能够以《古炉》这部多达六十多万字的长篇巨制对"文革"进行正面表现，能够艺术地书写出自己个人的但同时却也是我们这个国家的"文革"记忆来这样一种写作行为本身，就意味着一种写作勇气的存在。更何况，与"文革"结束后迄今为止出现过的其他"文革"叙事小说相比较，贾平凹的这部《古炉》，确实可以被看作是对"文革"的透视与表现最具个人色彩最具人性深度最具思想力度的长篇小说。以往，我们总是在感慨，与西方文学在二战结束之后，对于二战所进行的足称通透深入的艺术反思相比较，我们在经历了"文革"这样一场空前的民族浩劫之后，却并没有能够产生具有相应思想艺术力度的文学作品。有了贾平凹《古炉》的出现，我想，我们终于可以不无自豪地说，中国确实产生了一部可以与西方文学相对等的堪称伟大的"文革"叙事小说。

作为一部"文革"叙事小说，《古炉》首先一个值得注意的地方，就是格外真实地写出了"文革"这样一场民族苦难悲剧的惨烈程度。关于《古炉》的具体写作动机，贾平凹在小说后记中说得很明白："也就在那一次回故乡，我产生了把我记忆写出来的欲望""之所以有这种欲望，一是记忆如下雨天蓄起来的窖水，四十多年了，泥沙沉底，拨去漂浮的草末树叶，能看到水的清亮，二是我不满意曾经在‘文革’后读到的那些关于‘文革’的作品，它们都写得过于表象，又多成了程式。还有更重要的一点，我觉得我应该有使命。”在这里，贾平凹一方面强调书写“文革”乃是自己义不容辞的一种责任与使命，另一方面则也鲜明地表达了自己对于其他“文革”作品的不满。既然不满意于其他的“文革”作品，那么，贾平凹自己所写出的又是怎样的一种“文革”小说呢？对于这一点，贾平凹在后记中，也同样有所揭示：“我的旁观，毕竟，是故乡的小山村的‘文革’，它或许无法反映全部的‘文革’，但我自信，我观察到了‘文革’是怎样在一个乡间的小村子里发生的。如果‘文革’之火不是从中国社会的最底层点起，那中国社会的最底层却怎样使火一点就燃？”“我的观察，来自于我自以为很深的生活中，构成了我的记忆。这是一个人的记忆，也是一个国家的记忆吧。”正如贾平凹所言，这部小说所讲述的全部故事，都发生在这个名叫“古炉”的异常贫瘠的小山村里。这样，一个必然会引起的疑问就是，发生在一个如此不起眼的小山村里的“文革”故事，难道就可以被看作是中国的“文革”故事么？其实，关键的问题在于，如果离开了如同“古炉”这样的具体地域，我们的中国又在什么地方呢？这就如同曹雪芹的《红楼梦》可以通过对于贾氏家族的表现而完成对于古代中国形象的揭示一样，既然曹雪芹的《红楼梦》已经得到普遍的认可和接受，那么，贾平凹为什么就不能够通过对“古炉”这个小山村解剖麻雀式的描写而揭示中国的“文革”故事呢？小说小说，就贵在其小，贵在它可以通过对鲜活灵动的生活具象的描写而达到揭示生活本质存在的写作意图。我们之所以在史学著作之外，仍然需要阅读如同《古炉》此类“文革”叙事小说者，其根本的原因恐怕也正在于此。实际上，在这里，一个不容忽视的问题是，贾

005

平凹的《古炉》写作，乃是完全地建立在自己的个人记忆基础之上的。小说固然具有公共性的一面，但所有优秀的小说却又都是通过个人性才能够抵达所谓公共性的。这就正如同曹雪芹《红楼梦》的写作是绝对忠实于个人记忆一样，贾平凹的写作也是忠实于个人记忆的。既然我们不会因为曹雪芹的个人记忆而否认《红楼梦》的公共性，那么，也就同样不能因为贾平凹的个人记忆而否定《古炉》的公共性。我想，贾平凹之所以刻意地强调《古炉》既是"一个人的记忆"，也是"一个国家的记忆"，根本的着眼点其实就在于此。实际上，对于作家所描写着的古炉小山村的"文革"与中国"文革"之间的内在紧密联系，贾平凹自己就从词源学的意义出发，有过极明白的说明："在我的意思里，古炉就有中国的内涵在里头。'中国'这个词，以前在外国人眼里叫作'瓷'，与其说写这个古炉的村子，实际上想的是中国的事情，写中国的事情，因为'瓷'暗示的就是'中国'。而且把那个山叫作中山，也都是从中国这个角度整体出发进行思考的。写的是古炉，其实想的都是整个中国的情况。"[1]

读罢《古炉》，印象最深的情节之一，恐怕首先就是贾平凹在小说后半部中关于古炉村武斗情形的鲜活描写。通过黄生生等来自于外部世界的人们的宣传鼓动，"文革"自然也就逐渐地在古炉村慢慢地蔓延开来。在县里分别出现了"无产阶级造反联合指挥部"（简称"联指"）与"无产阶级造反联合总部"（简称"联总"）之后，本来属于化外之地的古炉村也就随之形成了尖锐对立的两派：一派是属于"联指"的以霸槽为首的榔头队，另一派则是属于"联总"的以天布为首的红大刀队。面对着日益凸显出的权力与利益，两大阵营渐渐地进入了一种剑拔弩张的争斗状态之中，以至于最后

[1] 贾平凹语，见《古炉》封底语，人民文学出版社，2011年1月版。

终于酿成了导致多位村民死伤的武斗。整部《古炉》的六十多万字分别由"冬""春""夏""秋"以及第二个"冬""春"六部分组成，其中第二个"冬"部，所集中描写展示的，就是榔头队与红大刀队之间惨烈到了极点的武斗故事。粗略计来，这一部分的字数差不多有十五万字，大约占到了小说总字数的四分之一。虽然在我一向的感觉中，贾平凹似乎是一位更多具有优柔品格的人，刚烈这样的语词殊难与他发生关联，但是在认真地读过《古炉》中关于武斗的描写部分之后，你却会不无惊讶地发现，原来，一贯优柔的贾平凹其实也有着极为刚烈的一面。道理说来也非常简单，若非性情刚烈者，是很难浓墨重彩地写出武斗这样真可谓血淋淋的惨酷场面来。说实在话，我读过的"文革"小说也不可谓不多，但能够以其状况的惨烈而给我留下噩梦般的印象者，可能真的只有《古炉》这一部。"马勺仍是不松手，牙子咬得嘎嘎嘎嘎响，能感觉到了那卵子像鸡蛋一样被捏破了，还是捏。跑到塄畔下的人听到迷糊尖叫，跑上来，见迷糊像死猪一样仰躺在那里，马勺还在捏着卵子不放，就拿棍在马勺头上打，直打得脑浆都溅出来了，才倒下去，倒下去一只手还捏着卵子，使迷糊的身子也拉扯着翻个过。""灶火就往前跑，眼看着到了池沿了，咚的一声，炸药包爆炸了。支书的老婆被爆炸的声浪掀倒在地，一个什么东西重重地砸在她的身上，等烟雾泥土全都消失了，县联指和榔头队的人去察看现场，支书的老婆才爬起来，她看见就在她脚下有一条肉，足足一拃半长的一条肉，看了半天，才认得那是一根舌头。"我想，或许有批评者会以所谓低俗的自然主义之类的言辞来指责贾平凹如此读来令人震惊的武斗场景描写。但我以为，倘不如此，就很难写出"文革"、武斗给我们这个民族所造成的巨大苦难。实际上，在读到《古炉》中如此惨酷如此鲜血淋漓的场景描写时，我所惊讶佩服的，正是贾平凹面对惨烈的死亡场景时的冷静客观不动声色。在某种意义上，大约只有如贾平凹这样一种对于"文革"中武斗场景的描写，才真正当得起所谓如实写来绝无伪饰的评价。

从阅读的本能直觉来说，读贾平凹的武斗场景描写，所带给读者的感觉似乎是在榔头队与红大刀队之间肯定有着不共戴天的深仇大恨。若非如此，本来同属于一个村庄的抬头不见低头见的他们，却又有何必要非得打得头破血流你死我活不可呢。然而，实际的情况恰恰相反，以霸槽为首的榔头队与以天布为首的红大刀队之间，并不存在着什么大不了的矛盾冲突。虽然说这两个战斗队分别隶属于县"联指"和县"联总"，但说实在话，即使是这两派的为首者霸槽和天布，也根本就不懂什么叫作"文化大革命"，不懂得他们之间为什么会形成一种剑拔弩张的尖锐对立关系。某种意义上，《古炉》中两派之间的激烈争斗，居然能够让我联想起英国作家斯威夫特的《格列佛游记》来。如果说《格列佛游记》中小人国两党争斗不已的原因是吃鸡蛋到底应该先打破大头还是先打破小头，那么，到了贾平凹的《古炉》之中，两派之间的争斗甚至于连如何吃鸡蛋这样微不足道的理由都无法找到。一句话，毫无缘由地便互相纠缠混战在一起，正是古炉村"文革"武斗的一大根本特点所在。而这一点，正好可以用来诠释贾平凹在小说后记中曾经强调过的："我观察到了'文革'是怎样在一个乡间的小村子里发生的。如果'文革'之火不是从中国社会的最底层点起，那中国社会的最底层却怎样使火一点就燃？"其实，在这段话中，贾平凹已经强有力地暗示着自己这部"文革"叙事小说的基本特征，正是要充分地揭示出"文革"究竟是怎样在古炉这个小山村中发生的，要告诉读者为什么如同古炉这样的中国最底层乡村竟能够使得"文革"的烈火熊熊燃烧起来。就我自己的切身体会，在这里，贾平凹的特出之处,乃在于他非常深刻地揭示出了"文革"的发生发展与人性尤其是人性中恶的一面的内在密切联系。某种意义上,《古炉》既是一部真实书写"文革"历史的长篇小说,更是一部借助于"文革"的描写真切地透视表现着人性的长篇小说。一方面,"文革"的发生,乃是人性中恶的因素发挥作用的结果,但反过来在另一方面,"文革"的逐渐向纵深处发展,也在很大程度上助长着人性恶的日益膨胀。能够以这样一种方式把古炉村其实也就是中国的惨烈"文革"面貌挖掘表现出来,事实上也正是我们充分肯定贾平凹的《古炉》,并且把《古炉》看作是迄今最成熟最优秀的"文革"叙事小说的根本原因所在。

比如说,"文革"在古炉村的缘起,就很显然与霸槽此人存在着紧密的联系。如果不是他三番五次地外出县城与洛镇,那么,如同黄生生这样外来的红卫兵就很难在古炉村产生影响,古炉村"文革"的发生自然也就不会是现在的这样一种状况。那么,霸槽又为什么要三番五次地离村外出并与黄生生之流打得火热呢?根据小说中的描写,霸槽的行为动机大约也不外这样几个方面:其一,霸槽的天性中就有着某种不安分的因子,可以说是古炉村中最具个性的青年农民之一。"文革"前,朱大柜可谓是古炉村一手遮天的支书,但霸槽却偏偏就没有把朱大柜放在眼里:"霸槽说:朱大柜算个屁!狗尿苔惊得目瞪口呆了,朱大柜是古炉村的支书,霸槽敢说朱大柜算个屁?"仅此一个细节,就已经透露出了霸槽那不安分的天性。其二,霸槽虽然天性不安分,虽然很有一些能力,但在"文革"前秩序井然的古炉村,却有着英雄无用武之地的强烈感觉。"古炉村应该有个代销店其实是霸槽给支书建议的,结果支书让开合办了而不是他霸槽。……霸槽是个早就觉得他一身本事没个发展处,怨天尤人的,要割他的资本主义尾巴,那肯定要不服的。支书就说:让他去成精吧，只要他给生产队交提成。但是，古炉村的木匠、泥瓦匠、篾匠们却按时交了提成，霸槽就是不交。"其三，霸槽不仅与支书存在矛盾冲突，而且由于和杏开之间的恋爱关系，而遭到了身为队长的杏开之父满盆的坚决反对。这就使得霸槽与满盆之间的矛盾，也变得空前激烈起来。由此可见，霸槽之所以要积极地投入到"文革"的行动之中，成为古炉村里"文革"的急先锋，其根本的原因正在于此。正因为自以为空怀一身能力的霸槽在"文革"中的古炉村长期处于备受压抑的地步，所以，一旦发现可以利用"文革"而得到权力，从而颠覆古炉村的现存秩序，霸槽自然就会全力以赴地投入其中。这样，通过霸槽形象的刻画，贾平凹就格外深刻地揭示出了"文革"得以在古炉村发生的人性原因。

那么，霸槽为什么空有一身能力但却没有得到支书、队长的重用呢？在这里，一个很重要的原因，恐怕就是家族之间的恩怨争斗了。"灶火毕竟气不过，去找磨子，磨子说：这事我知道了，咋弄呀，我有啥办法，人家这是'文化大革命'哩。灶火说：'文化大革命'就是他姓夜的'文化大革命'啦？磨子想了想，破'四旧'的差不多是姓夜的，他说：哦。灶火说：你才'哦'呀？你当队长，当的毬队长，让姓夜的就这样欺负姓朱的？！"古炉村主要由两大家族组成，一个是朱姓家族，另一个则是夜姓家族，朱、夜之外，其他的杂姓只是占了很少的一部分。由于长期一起生活在古炉村，这两大家族之间自然就形成了许多恩恩怨怨，一旦有了如同"文革"这样的契机，这些长期形成的恩怨自然就会猛烈地爆发出来。"文革"爆发前的古炉村，掌权的支书和队长都是姓朱的。霸槽之所以长期受到压制不被重用，与他的夜姓显然存在着紧密的联系。正因为如此，一旦"文革"爆发，一旦古炉村分成了榔头队与红大刀队这针锋相对的两大阵营，古炉村所长期潜隐着的家族矛盾就会剧烈地暴露出来。姓朱的，自然要参加到红大刀队的阵营之中，姓夜的，其归宿当然就只能是榔头队。因为榔头队成立在先，所以，一些姓朱的就加入到了榔头队当中。等到红大刀队一成立，因为"红大刀队里都是姓朱的，榔头队里姓朱的就陆续又退出来加入了红大刀队"。在这里，贾平凹极其真切地揭示出了家族势力在中国乡村世界中的盘根错节与深远影响。以至于，古炉村的"文革"，表面上看起来是"联指"和"联总"之间的对立，实际上却是朱、夜两姓之间长期积累的矛盾冲突的一次总爆发。这其中，只有个别的朱姓或者夜姓的人，加入到了对方的阵营之中。突出者，便是水皮和半香。水皮本来姓朱，理应参加红大刀队，但因为榔头队成立在先，所以，他就加入了榔头队。因为他粗通文墨，会写大字报，所以自然就成了霸槽特别倚重的对象。红大刀队一俟成立，如何争取水皮反叛榔头队加盟红大刀队，自然就成了天布们希望看到的现实。但水皮却终归没有脱离榔头队，原因在于霸槽让他成为了榔头队的副队长。在这里，家族利益与个人权力之间的相互缠杂制约，可以说给读者留下了相当深刻的印象。半香是秃子金的老婆，秃子金本来姓夜，而且是榔头队的核心骨干之一，照理说，半香绝对应该是榔头队的一员。然而，关键的问题在于，这半香，又与红大刀队的领头人天布，暗自私通着。所以，当秃子金自以为是地把半香的名字写入榔头队名单的时候，才会遭到半香的激烈反对。在这里，是否参加"文革"以及在"文革"中的革命立场选择，实际上就与男女之间的情感纠葛缠绕在了一起。就这样，隐秘人性对于古炉村"文革"所潜在发生着的巨大影响，通过水皮、半香这两个人物形象，自然得到了一种淋漓尽致的艺术表现。从表面来看，古炉村甚至于整个中国的"文革"，确实是自上而下，确实是由于诸如黄生生之类外来红卫兵的影响而发生的，但认真地追究起来，就会发现关键的原因在于，古炉村或者说中国早就为"文革"的发生准备了充分的人性与文化土壤。对于这一点，其实，贾平凹自己在小说后记中也已经说得很明白："如城市的一些老太太常常被骗子以秘鲁假钞换取了人民币，是老太太没有知识又贪图小利所致，古炉村的人们在'文革'中有他们的小仇小恨，有他们的小利小益，有他们的小幻小想，各人在水里扑腾，却会使水波动，而波动大了，浪头就起，如同过浮桥，谁也没有故意要摆，可人人都在惊慌地走，桥就摆起来，摆得厉害了肯定要翻覆。"贾平凹《古炉》中"文革"书写的独异深刻之处，就在于他对于这一点进行了极为充分的描写与揭示。大凡优秀的小说作品，都少不了对于人性世界的透辟理解与真切揭示。我们之所以指认贾平凹的《古炉》乃是一部伟大的"文革"叙事小说，一个十分重要的原因，就在于它从贾平凹自己真切的个人记忆出发，对导致"文革"发生发展的人性原因进行了深入的挖掘与表现。

第二节　乡村常态世界

然而，尽管说贾平凹的《古炉》确实在"文革"的艺术书写上取得了突出的成就，真正地做到了在既有"文革"小说中的堪称独步，但是，无论是从小说的书写规模，还是从贾平凹的写作雄心，抑或还是从我自己的阅读感觉来判断，如果仅仅把《古炉》看作是一部透视表现"文革"的长篇小说，还是委屈了这部小说，委屈了贾平凹。这就正如同曹雪芹的《红楼梦》，虽然成功地书写了贾宝玉与林黛玉之间的爱情悲剧，生动地描写了贾宝玉、林黛玉与薛宝钗之间堪称复杂的感情纠葛，但我们却并不能把《红楼梦》简单地看作一部爱情小说一样。在我看来，与其把贾平凹的《古炉》看作是一部"文革"叙事小说，反倒不如把它理解为一部对于中国乡村的常态世界有所发现与书写的长篇小说，要更为合理准确些。应该看到，自有中国新文学发生以来，对于乡村世界的书写，就逐渐地成为了其中成绩最为显赫的一个部分。从鲁迅先生开始，沈从文、茅盾、赵树理、柳青、孙犁，乃至于晚近一个时期的高晓声、汪曾祺、莫言、韩少功、张炜、陈忠实、路遥、李锐、阎连科、杨争光等，都从各自不同的角度，为中国现当代文学史的乡村书写做出过相应的贡献。值得注意的是，在这一系列从事于乡村的小说书写的作家当中，贾平凹的位置随着时间的推移，似乎显得越来越重要了。虽然说也曾经先后有过《废都》《高兴》等书写城市的小说问世，但严格地说起来，真正能够代表贾平凹这位自称"我是农民"的作家的小说创作水准的，实际上还是他的那些乡村小说作品。对我来说，读《古炉》，印象格外深刻者，除了作家对于"文革"以及潜藏人性的深入描写之外，就是他对于具有相对恒久性的乡村常态世界的敏锐发现与艺术书写。对于乡村世界，我的一种基本理解是，在时间之河的流淌过程中，有一些东西肯定要随着所谓的时代变迁而发生变化，我把这些变化更多地看作是非常态层面的变化。比如，鲁迅笔下民国年间的乡村世界，与赵树理笔下解放区或者共和国成立之后的乡村世界相比较，肯定会发生不小的变化，这些变化就被我看作是一种非常态层面的变化。相应地，在自己的小说创作过程中，着力于此种非常态层面描写的，就可以说是一种非常态生活层面的书写。然而，就在乡村世界伴随着时间的长河而屡有变化的同时，也应该有一些东西是千古以来凝固不变的，某种意义上，也正是这些凝固

不变的东西在决定着乡村之为乡村，乡村之绝不能够等同于城市。这样
一些横越千古而不轻易变迁的东西，相对于非常态层面的变迁，就显然
应该被看作是一种常态的层面。在自己的小说写作过程中，更多地把注
意力停留在常态的生活层面，力图以小说的形式穿透屡有变迁的非常态
层面，直接揭示乡村世界中常态特质的，就可以说是一种对于常态世界
的发现与书写。如此看来，贾平凹的《古炉》更加值得注意的一个方面，
很显然就在于对乡村世界常态世界的发现与书写。具体来说，"文革"很
显然是中国历史上一个短暂存在过的历史时段，贾平凹对于"文革"的
描写与表现，自然就属于一种非常态生活的书写。但是，如果更深入一
步，穿透"文革"而抵达所谓的人性的层面之后，贾平凹的描写自然就
是一种对于常态的书写了。但是，请注意，作家对于人性世界的透视表
现，仅仅只是《古炉》常态书写的一部分内容，相比较而言，贾平凹以
更多的笔墨对于中国乡村世界中的人情伦理以及其神巫化特征的渲染和
表现，恐怕才应该被看作是《古炉》常态书写中更为重要也更为核心的
内容。

首先来看贾平凹对于乡村人情伦理的真切表现。这一点，最集中地
体现在蚕婆这一人物形象的描写与刻画上。蚕婆是古炉村仅有的两个
"四类分子"之一："因为古炉村原本是没有'四类分子'的，可一社教，
公社的张书记来检查工作，给村支书朱大柜说：古炉村这么多人，怎么
能没有阶级敌人呢？于是，守灯家就成了漏划地主……而糟糕的还在继
续着，又查出狗尿苔的爷爷被国民党军队抓丁后，四九年去了台湾，婆
就成了伪军属。从此村里一旦要抓阶级斗争，自然而然，守灯和婆就是
对象。"善人本来是还俗的和尚，兼及行医济世，因为唆使霸槽去牛圈
棚挖坑而无意间触怒了支书，所以后来也就同列为批斗会上的批斗对象

了。按照常理，既然是被批斗的对象，如同蚕婆、善人之类的"牛鬼蛇神"，在那个阶级斗争统领一切的时代被视为另类打入另册，就是十分自然的事情。然而，需要注意的是，贾平凹在描写蚕婆、善人他们被批斗的同时，却也还充分地揭示出了他们在乡村世界中不可或缺的重要地位。比如蚕婆，虽然没有什么文化，但蚕婆却很显然是乡村世界中知多识广心灵手巧的能人，除了剪得一手好窗花外，村里边诸如婚丧嫁娶之类的日常大事，也都少不了有蚕婆的参与。"婆已经在马勺家待大半天，她懂得灵桌上应该摆什么，比如献祭的大馄饨馍，要蒸得虚腾腾又不能开裂口子，献祭的面片不能放盐醋葱蒜，献祭的面果子是做成菊花形在油锅里不能炸得太焦。比如怎样给亡人洗身子、梳头、化妆、穿老衣，老衣是单的棉的穿七件呢还是五件，是老衣的所有扣门都扣上呢，还是只扣第三颗扣门。这些老规程能懂得的人不多，而且婆年龄大了，得传授给年轻人，田芽就给婆做下手，婆一边做一边给田芽讲。""蓼蓝草是来声货担里有卖的，但一连几天来声没来，三婶就出主意以莲菜池里的青泥来揸，而揸出来色气不匀，两人拿了布来找婆请主意。婆说：敬仙儿没？三婶说：没。婆说：现在年轻人不知道梅葛二仙了。……顶针欢天喜地，说婆知道这么多的！三婶说：你蚕婆是古炉村的先人么。顶针说：婆名字叫蚕？三婶说：你连婆名字都不知道呀？"必须承认，认真地读过《古炉》之后，你就会发现类似的描写段落，在小说中可以说是比比皆是的。在古炉村几乎所有重要事件的现场，你都不难发现总是会有蚕婆的身影在晃动。同样的道理，虽然蚕婆在批斗会上常常处于被批斗的位置，不可避免地遭到了村民的歧视，但在乡村日常生活的那些场景之中，你却又可以强烈地感觉到村民们发自内心的那样一种对于蚕婆的尊重心理的存在。善人的情况，也与蚕婆相类似。读过小说之后，善人这一人物留

015

给读者最深刻的印象，大概就莫过于他"说病"的那些个情节、细节。别的医生是要给人施药治病，但善人却是在全凭一张嘴给病人"说病"。比如，善人是这样给弥留的六升"说病"的："人命不久住，犹如拍手声，妻儿及财物，皆悉不相随，唯有善凶业，常相与随从，如鸟行空中，影随总不离。世人造业，本于六根，一根既动，五根交发，如捕鸟者，本为眼报，而捕时静听其鸣，耳根造业，以手指挥，身根造业，计度胜负，意根造业。仁慈何善者，造人天福德身，念念杀生食肉者，造地狱畜生身，猎人自朝至暮，见鸟则思射，见兽则思捕，欲求一念之非杀而不得，所以怨怼连绵，辗转不息，沉沦但劫而无出期……"应该注意到，贾平凹的《古炉》通篇采用的都是带有明显方言气息的口语，唯独在善人"说病"的时候，采用的是古朴典雅的文言语词。不独如此，只要稍加留意，我们即不难发现，善人实际上一直在利用"说病"的机会劝善惩恶。在某种意义上，古炉村中的善人，非常类似于西方基督教里的传教士，他一直在孜孜不倦地利用一切可能的机会宣扬乡村世界所应该坚决秉持的人伦道德理念。如同蚕婆一样，一方面，善人是阶级斗争时代古炉村的被批斗对象，但在另一方面，包括支书、队长在内的古炉村人却都无法摆脱对于善人的依赖，都曾经延请善人给自己说过病。在我看来，真正构成了乡村世界中那些普通村民精神支柱的，实际上正是如同蚕婆和善人这样的人。从某种意义上说，一向被称为民族浩劫的"文革"，前后存在的时间不过十年而已。虽然说，这十年对于古炉村人，对于每一个中国人而言，可以说都是空前的劫难，但是，在历史的长河中看来，十年的时间终归短暂。一旦十年的"文革"结束，乡村世界很快地就又回归到了一种生活的常态之中。这就正如同一条大河一样，"文革"不过是大河中非常态的政治旋涡而已，一旦这些政治旋涡消失，大河迅疾就可以回归到波澜不兴的生活常态之中。古炉村之所以能够以一种隐忍的姿态对抗并度过"文革"岁月，与蚕婆、善人他们的存在有着密切的关系。真正在精神层面上支撑着乡村世界正常存在运行的，其实正是如同蚕婆与善人这样多少带有一点乡村先知色彩的人物形象。从根本上说，是他们的存在，为古炉村民，为中国广大的乡村世界提供着一种切实可靠的乡村意识形态。很显然，只有真正地意识到并且在自己的小说作品中写出了这一点，方才能够称得上是实现了对于常态乡村世界的一种发现与书写。借助于对于蚕婆与善人这两个人物形象的刻画描写，贾平凹的《古炉》，很显然已经相当成功地做到了这一点。

与乡村世界中的人情伦理表现同样重要的，是《古炉》对于乡村世界神巫化特征一种强有力的艺术凸显。只要略微有过一些乡村生活经验的读者，就不难感觉到，与现代化的城市生活相比较，乡村世界一个非常突出的特征，恐怕就是它始终笼罩在一种强烈的神巫化的氛围与气息之中。然而，实际的情况却是，就我们所接触的小说作品而言，那些真正能够有效地捕捉并表现出乡村世界神巫化特征的乡村小说是非常少见的。但，贾平凹的《古炉》在这一方面的表现却相当出色。比如，古炉村的猪突然接二连三地都病倒了，狗尿苔家的猪也出现了异常情况："婆熬了绿豆汤给灌了，猪趴在地上喘气，婆开始立柱子，但用作柱子的筷子怎么也立不住。狗尿苔说：撞着什么鬼了？婆说：你去砍些柏朵，给猪燎一燎。"在这里，猪病了，不去请兽医，反而是要"立柱子"，要给猪"燎一燎"。在"立柱子"和"燎一燎"的行为中，一种相悖于现代科学思维方式的原始神巫特征就得到了强有力的显示。再比如，"立柱说死就死了，十几年里古炉村死过的人从来没有像他死得这么截快。他一死，他妈的病却莫名其妙地好转了，他穿着给他妈买的寿衣入了殓，村里人都说他不该说要把寿衣留下他穿呀的话。"立柱的妈病了多年，本来是她早已经气息奄奄，以至于儿女们已经为她备好了寿衣。没承想，立柱兄弟仁却因为购买寿衣的钱而发生了争吵。立柱在争吵中，不无意气用事地说出了要把多买的寿衣留给自己的话。结果却是一语成谶，身强力壮的立柱截快地死了，立柱妈的病反倒是好了。这样的情形显然无法用科学的理性思维加以解释，所以，古炉村人也就只能从一种原始思维的方式来加以理解了。同样的情形，还体现在古炉村里时而正常时而疯癫的女人来回身上。莫名其妙地失踪了很长一段时间之后，来回突然出现在了古炉村，回到了丈夫老顺身边。怕来回再次走失的老顺自然就把来回关了起来，令人称奇的事情就发生在这个时候："就给狗交代着看守她，不让她再出门。来回一连三天在屋里。只要一走到院门口，狗就咬，她大声喊：水大啦，老顺，水大啦！""这喊声让迷糊听到，迷糊给人说老顺一天到黑都在屋里日他的女人，女人的水越来越大。可是，就在这个晚上，州河里竟然真的发生了大水。"来回的预言，与大水的到来到底有没有内在的关联？来回的预言，与她自己此时此刻的精神疯癫状态是否存在着相应的关系？抑或是，如同来回这样的疯癫者，本身就已经具备着某种通神的超异功能呢？这一切虽然都无法找到理想的答案，但贾平凹通过此种描写成功地渲染出了一种神巫化的特征却是毫无疑问的。当然，说到对于乡村世界神巫化特征的传达，《古炉》中最典型的描写，应该还是与太岁相关的那些情节。人都说不敢在太岁头上动土，小说中的霸槽果然在无意之间就挖了一个太岁出来。太岁本是民间传说中的一种神祇，在科学思维看来肯定属于荒诞不经的一类东西。然而，在更多地保留着原始思维特征的乡村世界里，如同相信神鬼的真实存在一样，类似于太岁这样的传说，也都毫无疑问地具有其实在性。更进一步说，贾平凹对于太岁情节的设定，还带有着突出的象征意味。《古炉》中，先有太岁的被挖出，然而才有"文革"在古炉村的发生，二者之间显然存在着某种内在的隐秘联系。在这个意义上，说太岁的出土，隐喻象征着"文革"灾难在古炉村的降临，就完全是可以成立的。

在这里，需要特别辨明的一点是，我们究竟应该怎样看待贾平凹在《古炉》中对于神巫化现象的描写。我知道，对于贾平凹的此类描写，根据既往的阅读经验，或许又会有人援引拉美的所谓"魔幻现实主义"而把它称之为中国式的"魔幻现实主义"。这样的一种评价方式，在我看来，其合理性基本上是不存在的。首先有必要加以澄清的一点是，所谓"魔幻现实主义"，只是西方世界对于马尔克斯诸如《百年孤独》之类作品的一种理解命名。在更多地沉浸于科学思维中的西方人看来，《百年孤独》中的许多情节描写，都是现实生活中不可能真实存在真实发生的，乃是作家一种艺术想象的产物，故而就带有着十分突出的魔幻色彩。但是，西方人的这种看法却并没有能够得到马尔克斯本人的认可。在马尔克斯本人看来，他在《百年孤独》中所描写着的那些在西方人看来觉得神奇魔幻的事物，在拉美人自己看来，却都是真实无疑的。作为一位作家，他所做的事情无非是把这一切如实地呈现出来而已。因此，在马尔克斯的心目中，与其说自己写出的是魔幻现实主义小说，反倒不如把它直接看作呈现现实生活的小说要更准确些。同样的道理，贾平凹在《古炉》中所写出的种种发生在古炉村的那些神巫化现象，也应该做类似的理解。很显然，这些神巫化现象，虽然从现代人科学思维的角度看来，肯定带有相当的魔幻色彩，但在古炉村村民们的心目中，所有这些，正是长期以来构成了古炉村现实的一个非常重要的部分。离开了这些神巫化现象，古炉村的现实反而是不完整的。所以，从这个角度看来，贾平凹之所以在《古炉》中成功地写出了这一切，乃是因为他忠实地采用了现实主义艺术表现手法的缘故。我们与其把贾平凹的此类描写称作中国式的"魔幻现实主义"，反倒不如干脆把它理解为一种对于乡村世界常态生活的发现与描写更恰当合理一些。值得注意的是，贾平凹在小说后记中这样写道："整整四年了，四年沉浸在记忆里。但我明白我要完成的并不是回忆录，也不是写自传的工作。它是小说。小说有小说的基本写作规律。我依然采取了写实的方法，建设着那个自古以来就烧瓷的村子，尽力使这个村子有声有色，有气味，有温度，开目即见，触手可摸。"我以为，贾平凹此处对小说写实手法的强调，也在很大程度上佐证着我们以上观点的合理性。

第二章：日常叙事与悲悯情怀

✳

第一节　日常叙事

　　"文革"是 20 世纪中国历史上一个非常重要的政治事件,既然是重要的政治事件,那么,作家在对"文革"进行艺术表现时,把它写成政治小说就是十分正常的事情。以往,我们也读到过不少"文革"叙事小说,其中绝大部分属于把政治作为中心事件来加以表现的"宏大叙事"类政治小说。那么,究竟何谓"宏大叙事"呢?"在利奥塔德看来,在现代社会,构成元话语或元叙事的,主要就是'宏大叙事'。'宏大叙事'又译'堂皇叙事''伟大叙事',这是由'诸如精神辩证法、意义解释学、理性或劳动主体解放,或财富创造的理论'等主题构成的叙事。"在王又平的理解中,不同的地域、不同的时代存在着不同的宏大叙事。现代西方曾以法、德两国为代表分别形成了"解放型叙事"与"思辨性叙事"这样两种宏大叙事。而在当代中国,"在中国当代文学的正史观念中,也形成了一套宏大叙事,它们以毋庸置疑的权威性和正统性向人们承诺:阶级斗争、人民解放、伟大胜利、历史必然、壮丽远景等等都是绝对的真理，真实的历史就是关于它们的叙述，反过来说，只有如此叙述历史才能达到真实和真理。……中国当代文学中的历史叙述及叙述风格虽有变化，但从总体上说都本之于宏大叙事，它们也因此而在中国当代文学史的众多作品中居于'正史'的地位"。[1]然而，需要引起我们特别注意的是，同样是对于"文革"的艺术表现，贾平凹的《古炉》所采用的却是与"宏大叙事"形成了鲜明对照的所谓"日常叙事"的艺术模式。

那么，又究竟何谓"日常叙事"呢？关于20世纪中国现代小说中的日常叙事传统极其显在特征，曾有论者指出："平民生活日常生存的常态突出，'种族、环境、时代'均退居背景。人的基本生存，饮食起居，人际交往，爱情、婚姻、家庭的日常琐事，突现在人生屏幕之上。每个个体（不论身份'重要'不'重要'）悲欢离合的命运，精神追求与企望，人品高尚或卑琐，都在作家博大的观照之下，都可获得同情的描写。它的核心，或许可以借用钱玄同评苏曼殊的四个字'人生真处'。它也许没有国家大事式的气势，但关心国家大事的共性所遗漏的个体的小小悲欢，国家大事历史选择的排他性所遗漏的人生的巨大空间，日常叙事悉数纳入自己的视野。这里有更广大的兼容的'哲学'，这里有更广大的'宇宙'。这些'大说'之外的'小说'，并不因其小而小，而恰恰正是因其'小'而显示其'大'。这是人性之大，人道之大，博爱之大，救赎功能之大。这里的'文学'已经完全摆脱其单纯的工具理性，而成就文学自身的独立的审美功能。""日常叙事是一种更加个性化的叙事，每位日常叙事的作家基本上都是独立的个体，……在致力表现'人生安稳'、拒绝表现'人生飞扬'的倾向上，日常叙事的作家有着同一性。拒绝强烈对照的悲剧效果，追求'有更

---

[1] 王又平《新时期文学转型中的小说创作潮流》，华中师范大学出版社，2001年9月版，第329—330页。

深长的回味’，在‘参差的对照’中，产生‘苍凉’的审美效果，是日常叙事一族的共同点”。[1] 在这里，论者实际上是在与"宏大叙事"比较参照的意义上强调着"日常叙事"的特征。

如果我们在更为开阔的一个层面来理解分析贾平凹的小说，就不难发现，大约从他初涉小说创作的时候开始，他的小说其实就一直远离着所谓的"宏大叙事"。又或者，贾平凹的艺术天性本就不适合于"宏大叙事"，而是天然地亲和着"日常叙事"。在这里，虽然我们无意于对所谓的"宏大叙事"与"日常叙事"进行简单的是非臧否，虽然我们也承认无论是"宏大叙事"还是"日常叙事"都产生过优秀杰出的作品，很显然，如果《三国演义》应该被看作是"宏大叙事"作品的话，那么，《红楼梦》《金瓶梅》当然就应该被看作是"日常叙事"作品，但客观地说起来，我们还得承认，相比较而言，"日常叙事"的写作难度恐怕还是要更大一些。关于这一点，台湾的蒋勋借助于对《红楼梦》的谈论，已经有过极清晰的解说："第七回跟其他章回小说有很大的不同，几乎没有大事发生，只是日常生活中的小事情。写这种状况其实是最难写的。《红楼梦》第七回有一点像二十四小时里没有事情发生的那个部分，就是闲话家常。一个真正好的作家，可以把日常生活里非常平凡的事写得非常精彩。人们对《红楼梦》第七回谈得并不多，因为它平平淡淡地就写过去了。"《红楼梦》是一部长篇小说，不可能是一个高潮接着另一个高潮，而是要去描绘几个高潮之间的家常与平淡，这是小说或者戏剧最难处理的部分。"[2]《红楼梦》本身就是一部"日常叙事"的杰作，蒋勋又是有着丰富创作经验的

[1] 郑波光《20世纪中国小说叙事之流变》，载《厦门大学学报》，2003年第4期。

[2] 这两段话分别见蒋勋《蒋勋说红楼梦》第一辑第170页，第二辑第222页，上海三联书店，2010年9月、11月版。

作家，由蒋勋从自己的切身体会出发，以《红楼梦》为主要凭据，强调"日常叙事"的重要性，强调"日常叙事"之难，其实是极富启示意义的事情。

具体到贾平凹的《古炉》，从小说的后记中，我们即不难发现，实际上，以"日常叙事"的方式呈示表现"文革"，乃是贾平凹一种非常自觉的艺术追求。"以我狭隘的认识吧，长篇小说就是写生活，写生活的经验，如果写出让读者读时不觉得它是小说了，而相信真有那么一个村子，有一群人在那个村子里过着封闭的庸俗的柴米油盐和悲欢离合的日子，发生着就是那个村子发生的故事，等他们有这种认同了，而且还觉得这样的村子和村子里的人太朴素和简单，太平常了，这样也称之为小说，那他们自己也可以写了，这，就是我最满意的成功。""最容易的其实就是最难的，最朴素的其实也是最豪华的。什么叫写活了逼真了才能活，逼真就得写实，写伦理。脚蹬地才能跃起，任何现代主义的艺术都是建立在扎实的写实功力之上的。"虽然故事发生在"文革"这样一个特定的特别政治化的时代，但贾平凹在写作过程中却并没有把自己的视点完全放置在政治事件之上，通篇扑面而来的都是古炉村里的那些个日常琐事。可以说，贾平凹描摹再现日常生活场景的非凡写实功力，在《古炉》中确实得到了可谓是淋漓尽致的充分体现。这一点，我想，只要是认真读过小说的人，就都会首肯。应该承认，贾平凹在后记中所表达的此种感受是非常到位的。我们一直在强调文学创作的原创性，在我看来，长篇小说的原创性实际上也正表现在作家以其非凡的创造能力成功地重新创造出了一个完整世界。《圣经》说，是上帝创造了我们所生存的这个现实世界。我要说，作家其实也非常类似于上帝，也在用语言形式创造着一个艺术世界。《红楼梦》当然极为成功地创造了一个艺术世界，自从有了

《红楼梦》，那些生活在贾府中的人们就获得了别一种生命力，就一直与我们生活在一起。贾平凹的《古炉》也无疑达到了原创的效果，贾平凹在后记中所期待的能够让读者"不觉得它是小说了，而相信真有那么一个村子"的这样一种艺术效果，看起来似乎低调，实际上却是一种极高的很难企及的艺术标准。能够把"文革"这一重大的政治历史事件，以如此日常生活的方式包容并表现出来，所充分凸显出的，也正是贾平凹一种超乎于寻常的艺术创造能力。

若干年前，美籍华裔作家哈金曾经仿照"伟大的美国小说"[1]的定义方式，提出过一个关于"伟大的中国小说"的概念定义，我们注意到，在哈金的定义中，特别强调的一点，就是这"伟大的中国小说"必须是"一部关于中国人经验的长篇小说"。那么，到底怎样才算得上是写出了"中国人经验"呢？或者更进一步地说，这"中国人"的"经验"之具体内涵又是什么呢？必须承认，关于究竟什么是"中国人经验"，具体谈论起来肯定是一个言人人殊的抽象话题，很难形成一致的意见看法。而且，所谓"中国人经验"，也肯定是多元化的，不可能只有一种或者几种理解。但强调"中国人经验"本身的复杂性，却也并不就意味着这种"经验"是不存在的。就我个人的艺术感觉而言，贾平凹的这部《古炉》就完全可以被理解为一部充分表现了"中国人经验"的长篇小说。此种"中国人经验"，又可以具体分解为两个不同的层面：第一个层面，就是作家的"文革"叙事。正因为"文革"是 20 世纪中国独有的历史事件，所以，贾平凹的"文革"叙事所讲述的也就只能是中国人独有的一种经验。第二个层面，则是指我们在上一部分已经专门分析过的贾平凹对于中国乡村世界常态生活的

[1] 哈金关于"伟大的中国小说"的概念定义，可参见本书第九章《'伟大的中国小说'？》部分的具体介绍。此处不赘。

发现与书写。很显然，无论是乡村世界中的人情伦理也罢，还是神巫化特征也罢，都可以被看作是中国乡土社会跨越漫长历史岁月长期以来形成的一种独有经验。说实在话，中国真正地开始所谓的工业化进程也还不到一百年的时间，更多的历史时间内构成了所谓"中国人经验"之主体的，实际上正是贾平凹在《古炉》中所充分揭示出的乡村常态生活经验。需要特别注意的是，如果说贾平凹的《古炉》是一部关于"中国人经验"的长篇小说的话，那么，这部小说的艺术书写方式也同样是充分中国化的。或者也可以说，《古炉》是一部在艺术上充分体现出了中国气势的一部长篇小说。在我看来，这中国气势主要就落脚在构成小说主体的"日常叙事"上。之所以这么说，关键的原因在于，作为"中国人经验"之主体的乡村常态生活，只有通过那些细小琐碎的日常生活中点点滴滴的微小细节，方才能够得到有效的艺术展示。

据我了解，很多人在阅读贾平凹《秦腔》《古炉》的时候，都曾经产生过在开篇处一时无法进入的强烈阅读体会。细究其因，我觉得其实正与作家那"生活流"式的"日常叙事"方式存在着紧密的关系。实际上，并不只是《古炉》，早在《秦腔》之中，贾平凹就已经开始采用这种具有中国气势的"日常叙事"方式了。"我的故乡是棣花街，我的故事是清风街，棣花街是月，清风街是水中月，棣花街是花，清风街是镜里花。但水中的月镜里的花依然是那些生老离死、吃喝拉撒睡，这种密实的流年式的叙写，农村人或在农村生活过的人能进入，城里人能进入吗？陕西人能进入，外省人能进入吗？我不是不懂得也不是没写过戏剧性的情节，也不是陌生和拒绝那一种'有意味的形式'，只因我写的是一堆鸡零狗碎的泼烦日子，它只能是这一种写法，这如同马腿的矫健是马为觅食跑出来的，鸟声的悦耳是鸟为求爱唱出来的。"[1]什么样的思想艺术主旨便需要有什么样的语言形式载体，既然"写的是一堆鸡零狗碎的泼烦日子"，那么小说便只能是这样一种写法，便只能采用这样的一种语言方式，所谓"言为心声"的别一解大约也就是这样的一个意思了。通常的意义上，"言为心声"只应被理解为语言应该真实地传达内心的声音，但在此处，却应该反过来被理解为具有什么样的内心想法那么就会同样具有什么样的一种语言形式，而且只有这一种语言形式才能够将作家真正的心声最为贴切地传达出来。贾平凹所谓"密实的流年式的叙写"，实际上就是我们此处所特别强调的"日常叙事"。很显然，只有充分借助于这样一种具有中国气势的叙事形式，才能够把作家所欲表现的"中国人经验"成功地传达给广大读者。

第二节 悲悯情怀

阅读《古炉》，一个不容忽视的思想艺术成就，就是贾平凹对于若干人物形象的成功塑造。据不完全统计，小说中的出场人物先后多达一百人以上。这一百多人虽然不能说都写得很成功，但最起码，其中诸如狗尿苔、蚕婆、善人、霸槽、天布、秃子金、杏开、支书朱大柜、磨子、麻子黑、守灯、半香等十数位人物形象，却可以说给读者留下了深刻的印象。其中蚕婆与霸槽这两位人物形象，我们在前面已经有所论述，此处自然就不再具体展开了。然而，如果说到小说中的悲悯情怀，那么，最不容忽视的两位人物形象，

---

[1]贾平凹《〈秦腔〉后记》，见《秦腔》，作家出版社，2005年4月版。

我以为，其实就是狗尿苔和善人。

先来看狗尿苔。正如同在某种意义上可以把《红楼梦》看作是一部成长小说一样，我们实际上也完全可以把《古炉》看作是一部成长小说。作为成长小说，《红楼梦》所集中表现的是贾宝玉的成长过程，而《古炉》表现的，则是狗尿苔的成长过程。在这里，需要顺便探讨一下小说人物的命名特点。读过小说之后，我已经不止一次地听到有人说《古炉》中人物的名字有点太土了。我自己在刚刚开始阅读的时候，也产生过这样一种强烈的感觉。命名太土，这种感觉当然是正确的。但贾平凹为什么要刻意地追求土的效果呢？我想，这恐怕还是与作家刻意追求呈现一种原汁原味的乡村生活的艺术理念有关系。正如同表现贵族生活的《红楼梦》里的人物只能是什么宝、金、玉、凤、钗一样，"文革"期间的偏远小山村古炉的人名，大约也就只能是贾平凹所写的这种样子了。既然曹雪芹笔下底层人物的名字不是刘姥姥，就是焦大、板儿，那么，贾平凹笔下的人物也就完全可以是现在的这种情况了。需要注意的是，在这诸多的卑贱人物中，狗尿苔应该是最卑贱的一个。按照小说中的介绍，狗尿苔是被蚕婆抱来的："狗尿苔常常要想到爷爷，在批斗婆的会上，他们说爷爷在台湾，是国民党军官，但台湾在哪儿，国民党军官又是什么，他无法想象出爷爷长着的模样。他也想到父母，父母应该是谁呢，州河上下，他去过洛镇，也去过下河湾村和东川村，洛镇上的人和下河湾村东川村的人差不多的，那自己的父母会是哪种人呢？"既然无父无母，爷爷又远在台湾，狗尿苔就只能和年迈的蚕婆相依为命了。只能与蚕婆相依为命倒也罢了，更加让狗尿苔感到委屈的是，他不仅个子矮小永远长不大，而且还形象特别丑陋。小说中，贾平凹借助于秃子金的话语进行过生动的描绘："啊狗尿苔呀狗尿苔，咋说你呢？你要是个贫下中农，长得黑就黑吧，可你不是贫下中农，眼珠子却这么突！如果眼睛突也就算了，还肚子大腿儿细！肚子大腿儿细也行呀，偏还是个乍耳朵！乍耳朵就够了，只要个子高也说得过去，但你毬高的，咋就不长了呢?！"形象不佳也就算了，关键的问题还在于，狗尿苔由于受到远在台湾的爷爷的牵连，被看作是"四类分子"的后代而在古炉村备受歧视，以至于，几乎古炉村所有的人都可以对他任意驱驰使用可以对他颐指气使指手画脚，就好像这狗尿苔天生就是古炉村民们的仆佣一般。这样看来，虽然同样是小说中的主人公，但贾宝玉与狗尿苔的生存处境却可以说是有天壤之别。一个是高贵如花，一个却是低贱如炭。但这两位之间一个不容忽视的相似之处却在于，他们不仅都在某种意义上承担着小说中视点性人物的功能，而且也还都是具有鲜明自传性的人物形象。

031

贾宝玉身上曹雪芹自身影子的存在，因为有了红学家多年的考证研究，早已是毋庸置疑的事实。需要展开分析的，是狗尿苔形象的自传性问题。在小说后记中，贾平凹写道："而我呢，我那时十三岁，初中刚刚学到数学的一元一次方程就辍学回村了。我没有与人辩论过，因为口笨，但我也刷过大字报，刷大字报时我提糨糊桶。我在学校是属于'联指'，回乡后我们村以贾性为主，又是属于'联指'，我再不能亮我的观点，直到后来父亲被批斗，从此越发不敢乱说乱动。但我毕竟年纪还小，谁也不在乎我，虽然也是受害者，却更是旁观者。""狗尿苔，那个可怜可爱的孩子，虽然不完全依附于某一个原型的身上，但在写作的时候，常有一种幻觉，是他就在我的书房，或者钻到这儿藏到那儿，或者痴痴呆呆地坐在桌前看我，偶尔还叫着我的名字。我定睛后，当然书房里什么人都没有，却糊涂了：狗尿苔会不会就是我呢？我喜欢着这个人物，他实在是太丑陋，太精怪，太委屈，他前无来处，后无落脚，如星外之客，当他被抱养在了古炉村，因人境逼仄，所以导致想象无涯，与动植物交流，构成了童话一般的世界。狗尿苔和他的童话乐园，这正是古炉村山光水色的美丽中的美丽。"虽然总是闪闪躲躲，但从话里话外的意思来推断，说狗尿苔是《古炉》中的一个自传性形象，绝对还是能够成立的。贾宝玉既是王夫人所生，却又是女娲补天时一块无才可去补苍天的顽石。狗尿苔则无父无母，他的来历无踪可觅，直如来无踪去无影的天外来客一般。因为具有自传性，所以，描写起来的时候，自然就会真切形象许多。狗尿苔这一人物之所以能够给读者留下至为深刻的印象，根本的原因或许正在于此。同时，也正如同贾宝玉既联系着现实生活中的红尘世界，同时却也联系着太虚幻境这样形而上的玄妙境界一样，狗尿苔也是一方面脚踏着古炉村的大地，联系着古炉村的芸芸众生，另一方面却也明显地寄寓着贾平凹一种形而上的深入思考。

尤其值得注意的是，如同曹雪芹在贾宝玉身上强烈地寄寓表现着一种悲悯情怀一样，在《古炉》中，真正地寄寓表现着贾平凹悲悯情怀的人物形象，正是狗尿苔。只不过，究其渊源，贾宝玉悲悯情怀的生成，与他的天性高贵有关，而狗尿苔的悲悯情怀，除了曾经受到过蚕婆与善人的影响之外，则很显然与其自身的出身卑贱有关。唯其出身卑贱，所以他更能设身处地地体会到生命的凄苦悲凉状态，当然也就更能生成其悲悯情怀了。关于曹雪芹以及贾宝玉的悲悯情怀，蒋勋曾经进行过多处精彩分析。比如，在无意间发现茗烟按着小姑娘"干那警幻所训之事"的时候，"这一段把宝玉的个性完完全全写出来了，这就是他对人的原谅、宽恕和担待。他不但没有责骂她，没有得理不饶人，相反，他怕这个女孩子害怕，怕她受伤，怕她受了耻辱后想不开，他还要追出去再加一句。……宝玉追出来说的这一句话，不是好作家绝对写不出来。比如，贾宝玉对袭人讲的一番话，我觉得是《红楼梦》里最漂亮的句子："只求你们同看着我，守着我，等我有一日化成了飞灰，——飞灰还不好，灰还有行迹，还有知识，——等我化成一股轻烟，风一吹便散了的时候，你们也管不得我，我也顾不得你们了。那时凭我去，我也凭你们爱那里去就去了。'""大家有没有觉得这是《红楼梦》最重要的调性，作者整个的感伤都在这里。生命最后是一个无常，所有生命的因果只是暂时的依靠，现世的爱、温暖与眷恋，到最后都会像烟一样散掉。宝玉的心底有一种别人无法了解的孤独，他觉得生命到最后其实没有什么能留住，就像灰一样，甚至比灰还要轻。"再比如，分析到贾瑞的人生悲剧的时候，"从这里我们可以知道，作者在十二回是要我们同情贾瑞的，贾瑞虽然活得这么难堪，但其实是一个值得同情与悲悯的角色。""那残缺代表什么？代表他经过人世间的沧桑，受过人世间的磨难，所以他修道成功了，只有他才知道什么叫宽容。太过顺利的生命，其实不容易有领悟。他的意思是说当你有身体上的痛苦，才知道什么是真正的悲悯。这都是佛、道的一些思想。"[1]

说实在话，在中国当代作家中，真正具有悲悯情怀的，为数极少，但贾平凹却很显然是其中之一。在《古炉》中，贾平凹的悲悯情怀，更多地是通过狗尿苔这个人物形象而体现出来的。比如，狗尿苔和善人一起抬蜂箱上山，走到半路上为了阻止椰头队与红大刀队火并武斗，他们就把蜂箱从山上推了下来。"既然善人没事，狗尿苔就要埋怨善人了，为什么要把蜂箱推下去呢，要推下去你推么，偏要叫我也一块推。善人说：要不推下蜂箱，你让他们打起来呀?! 这不，他们都退了，蜇了你一个，救了多少人呢？"说到狗尿

[1]蒋勋《蒋勋说红楼梦》第二辑第226页、237页、53页，上海三联书店2010年11月版。

苔悲悯情怀的形成问题，我们在前面曾经强调过他对自身卑贱地位的充分体会，其实，除此之外，善人、蚕婆他们对于他的影响也都是非常重要的。这里的蜂箱事件所体现出的，就是善人在向狗尿苔传授一种"我不入地狱谁入地狱"的自我牺牲精神。只要认真地读过小说，你就会知道，虽然狗尿苔其貌不扬，虽然他的个子似乎永远也长不高，虽然他被看作是'四类分子'的后代，但是，古炉村人在遭遇种种人生的苦难与不幸的时候，出面支撑拯救者却往往是狗尿苔。当支书被抓到洛镇参加学习班的时候，代替支书老婆跑到镇上看望支书的，是狗尿苔；当杏开有孕在身分娩在即的时候，和蚕婆一起关照杏开的，是狗尿苔；当灶火因为不小心脖子上吊了毛主席像而要被打成反革命的时候，悄无声息地挽救了他的，也还是狗尿苔。尤其令人感动的是，水皮妈明明是古炉村最让人厌恶的一个人物形象，但在水皮因喊错口号被打成反革命之后，狗尿苔却忽然同情了水皮妈，"狗尿苔突然觉得水皮妈有些可怜了，他要去拉水皮妈回家去……"当然，除了总是在承担拯救者的角色之外，狗尿苔悲悯情怀的另外一个突出表征，就是他居然能够听懂各种动物的话，能够与动物进行平等交流："从此，狗尿苔见了所有的鸡、狗、猪、猫，都不再追赶和恐吓，地上爬的蛇、蚂蚁、蜗牛、蚯蚓、蛙、青虫，空里飞的鸟、蝶、蜻蜓，也不去踩踏和用弹弓射杀。他一闲下来就逗着它们玩，给它们说话，以至于他走到哪儿，哪儿就有许多鸡和狗，地里劳动歇息的时候，他躺在地头，就有蝴蝶和蜻蜓飞来。"必须承认，以上这一段描写，肯定是贾平凹《古炉》中最感动人的文字段落之一，它之所以读来特别感人，就是因为充分地凸显出了狗尿苔当然更主要地是贾平凹自己的一腔悲悯情怀。当然了，狗尿苔身上承载的悲悯情怀，在贾平凹的小说后记中也不难得到相应的印证："在写作的中期，我收购了一尊明代的铜佛，是童子佛，赤身裸体，有繁密的发髻，有垂肩的大耳，两条特长的胳膊，一手举过头顶指天，一手垂下过膝指地，意思是：天上地下唯我独尊。这尊佛就供在书桌上，他注视着我的写作，在我的意念里，他也将神明赋给了我的狗尿苔，我也恍惚里认定狗尿苔其实是一位天使。"唯其是佛是天使，所以，由狗尿苔来承载表达贾平凹自己的一腔悲悯情怀，就是十分自然的事情。正因为狗尿苔具有悲悯情怀，所以，善人在离世之前才会有如下的预言留下："善人说：村里好多人还得靠你哩。狗尿苔说：好多人还得靠我？善人说：是得靠你，支书得靠你，杏开得靠你，杏开的儿子也得靠你。说得狗尿苔都糊涂了，说：我还有用呀？"实际的情况也确实如此，虽然从功利的角度来看，永远长不大的狗尿苔似乎真的没有什么用，但正所谓"无用之用，是为大用"。在这里，贾平凹借助于狗尿苔这一形象，传达出的实际上可以说是道家的一种思想。某种意义上，孙郁对于狗尿苔形象的高度评价，可以被看作是我们观点一种很好的佐证："狗尿苔是一个善良可爱而长不大的丑孩，这个形象在过去很少看到。可以说是继阿Q、陈奂生、丙崽后又一个闪光的人物。一个可以通天地、晤鬼魂的小人物，夹缠在紧张的革命时代里。他的童贞的视角映现着现实的悖谬，而一面也有泛神精神提供的逃逸之所。在《阿Q正传》里我们看到了鲁迅无望的喘息，《古炉》在极为惨烈中给我们带来的是黑白的对比，乡下人善良的根性使古炉村还保留着让人留念的一隅。"[1]

说到这里，我们就需要特别说明一下善人这一形象的重要性。按照贾平凹在小说后记中的说法，善人这一形象是有原型的，这原型就是撰写有《王凤仪言行录》的

[1]孙郁《从"未庄"到"古炉村"》，载《读书》2011年第6期。

王凤仪。"善人是宗教的，哲学的，他又不是宗教家和哲学家，他的学识和生存环境只能算是乡间智者，在人性爆发了恶的年代，他注定要失败的，但他毕竟疗救了一些村人，在进行着他力所能及的恢复、修补，维持着人伦道德，企图着社会的和谐和安稳。"前边已经说过，这善人是以一位善于"说病"的医者的形象出现的，颇类似于基督教中的传教士。其实，只要细细地琢磨一下小说中善人之乎者也地用文言语词所讲述的那些话，我们就不难发现，其渊源很显然就来自于中国传统的佛道思想。然而，在强调善人形象对于作家悲悯情怀的表达具有相当重要性的同时，我们却也不得不遗憾地指出，贾平凹对于这一人物的设定与塑造，其实还是存在一定问题的。这问题主要体现在善人的言辞方式上。或许是为了更加有力地凸显出这一形象的先知色彩的缘故，贾平凹特意地为他设定了一种明显区别于乡村世界日常口语的过于典雅深奥的文言语词。但正所谓成也萧何败也萧何，如果说，这样的一整套言辞方式，确实使得善人这个乡村知识分子形象区别于普通民众的话，那么，也正是这样的言辞方式，使得他根本无法真正地融入到乡村生活之中，明显地被阻隔在了乡村日常生活之外。关于这一点，我们只要把善人形象与蚕婆形象比较一下，就不难得到一种真切的体悟和认识。非常简单的道理，善人虽然是作家寄寓可谓相当深远的一位乡村知识分子形象，但他在日常生活中要想和村民们进行正常的交流，满嘴总是典雅深奥的文言语词，就肯定是行不通的。这样看来，贾平凹在善人形象塑造上的煞费苦心，其实并没有能够收到应有的理想效果。

行文至此，一个无法回避的问题就是，为什么说悲悯情怀对于文学作品就如此重要呢？要想充分地理解这一问题，我觉得，我们其实很有必要重温王国维先生在《人间词话》中的两段名言："词至李后主而眼界始大，感慨遂深，遂变伶工之词为士大夫之词。周介存置诸温、韦之下，可谓颠倒黑白也。'自是人生长恨水长东'，'流水落花春去也，天上人间'，《金荃》《浣花》能有此气象耶？""尼采谓：'一切文学，余爱以血书者。'后主之词，真所谓以血书者也。宋道君皇帝《燕山亭》词亦略似之。然道君不过自道身世之感，后主则俨有释迦、基督担荷人类罪恶之意，其大小固不同矣。"[1] 所谓由"伶工之词"变为"士大夫之词"，用现代的言辞来说，王国维所强调的，其实是一种可贵的知识分子意识对于诗词创作的强有力介入。只有在这个前提之下，李后主才可能"以血"书词，才能够创作出如同《浪淘沙》《相见欢》这样优秀的词作来。而李后主的《浪淘沙》《相见欢》之所以特别杰出，一个根本的原因在于，其中"俨有释迦、基督担荷人类罪恶之意"也！很显然，王国维在充分肯定李后主创作时所特别强调的"俨有释迦、基督担荷人类罪恶之意"，实际上也正是在强调创作主体一种发自内心的悲悯情怀的重要性。如果说，李后主的词作可以因为悲悯情怀的具备而堪称杰出的话，那么，贾平凹的《古炉》自然也就可以因为悲悯情怀的具备而获得我们的高度评价。正如《古炉》所充分描写表现的，"文革"确实给古炉村造成了巨大的现实苦难与人性苦难。面对这重重苦难，贾平凹不仅毅然直面，而且还通过狗尿苔以及善人、蚕婆等人物形象的精彩塑造表现出了如同释迦、基督那样突出的一种担荷人类罪恶之意。具备了此种殊为难得的悲悯情怀，《古炉》之思想艺术境界自然也就高远了许多。

　　最近一个时期，我一直在反复阅读台湾蒋勋从佛道的思想渊源出发解说《红楼梦》的一部精彩著作《蒋勋说红楼梦》(在文章即将结束之际，必须指出的一点是，因

[1] 王国维《人间词话》，上海世纪出版集团，2008年5月第一版。

为我们在文中多次提到《红楼梦》，或许会给读者形成一种贾平凹写出了一部当代的《红楼梦》的错觉。因此，有必要强调，我们之所以多次提及《红楼梦》，只不过是在一种比较的意义上凸显着《古炉》的重要性而已。从根本上说，《古炉》绝对应该被看作是一部颇得《红楼梦》神韵的原创性长篇小说）。反复阅读此作的一个直接收获就是，我越来越相信了这样的一种观点，那就是，大凡那些以佛道思想做底子的小说，基本上都应该被看作是优秀的汉语小说。只要有了佛道思想的底子，只要能够把佛道思想巧妙地渗透表现在自己的小说作品之中，那么，这汉语小说，自然也就会具有不俗的思想艺术品位。令人颇感遗憾的是，在一部中国现当代文学史上，能够真正参悟领会佛道思想，并且将其贯彻到小说作品中的作家，实际上是相当少见的。但写出了《古炉》的贾平凹，却明显是这少见的作家中的一位。别的且不说，单就贾平凹名字中的"平凹"二字，细细想来就是很有一些禅意的。虽然我也知道，这"平凹"乃是由"平娃"演变而来的，但为什么演变出的居然会是这样的两个字呢?！既然有了佛道思想做底子，那么，贾平凹小说的高尚品味也就可想而知了。我们之所以敢于斗胆断言，说《古炉》是一部当下时代难得一见的"伟大的中国小说"，与这种思想底色的存在自然有着极密切的关系。

第三章：人物形象论（一）

　　根据一般的阅读经验，举凡优秀的长篇小说，都少不了人物形象的成功塑造。一部长篇小说，之所以能够在我们的脑海中留下难以磨灭的长久记忆，一个非常重要的原因就在于作家刻画塑造了丰满生动的人物形象。贾平凹《古炉》的成功，也与作家对于一系列具有人性深度的人物形象的刻画塑造有关。说到长篇小说中人物形象的塑造，就必须注意到这样一个文学现象的存在，那就是，假若说西方的长篇小说往往会集中围绕一个或者几个人物形象来进行创作的话，那么，中国古代优秀的长篇小说，却大都属于人物群像式的创作。在这一方面的具体例证，可以说是不胜枚举。西方从塞万提斯的《堂吉诃德》，托尔斯泰的《战争与和平》《安娜·卡列尼娜》《复活》，陀思妥耶夫斯基的《卡拉马佐夫兄弟》《罪与罚》《被侮辱与被损害的》，一直到乔伊斯的《尤利西斯》、福克纳的《喧哗与骚动》、卡夫卡的《城堡》，作家所着意塑造的人物形象都不会太多，差不多都是个位数的。与此形成鲜明对照的，则是中国古代的长篇小说。无论是《水浒传》《三国演义》，还是《红楼梦》，作家所欲点染刻画的人物形象都数量众多。即使是那一部看似人物数量较少貌似只有师徒四人的《西游记》，假如我们考虑到师徒之外诸多的神仙和妖怪，那么，其人物形象的数量自然也就相当可观了。现在的一个问题就是，中西的长篇小说之间为什么会形成如此鲜明的差异呢？尽管此种情形形成的原因是很复杂的，但在我看来，其中一个不容忽视的原因，恐怕就是中西两种文化的不同。

我们注意到，关于中西文化的差异，曾经有论者进行过精辟的论述："在中国两千年的封建社会历史的进程中，儒家思想一直占据着根深蒂固的统治地位，对中国社会产生了极其深刻而久远的影响。中国人向来以儒家的'中庸之道'作为行为的基本准则。待人接物、举止言谈要考虑温、良、恭、俭、让，以谦虚为荣，以虚心为本，反对过分地显露自己，表现自我。因此，中国文化体现出群体性的特征，这种群体性的文化特征是不允许把个人价值凌驾于群体利益之上的。西方国家价值观的形成至少可追溯到文艺复兴运动。文艺复兴的指导思想是人文主义，即以崇尚个人为中心，宣扬个人主义至上，竭力发展自己，表现自我。'谦虚'这一概念在西方文化中的价值是忽略不计的。生活中人们崇拜的是'强者''英雄'。有本事、有才能的强者应得到重用，缺乏自信的弱者只能落伍或被无情地淘汰。因此，西方文化体现出个体性特征。"[1] 既然中国文化是群体性文化，那么，中国古代的作家们在长篇小说的写作中自然就会特别注重于人物群像的塑造。同样的道理，西方的作家们之所以很少有人物群像类长篇小说的创作，与他们所置身于其中的个体性文化也肯定存在着内在紧密的联系。虽然说我们确实没有对中西长篇小说创作的以上不同进行简单的优劣比较的意思，但即使仅仅从人物形象的数量上看，中国古代的作家们要

---

[1] 刘霞、张宗奎《中西文化差异种种》，载《山东教育》2002年第Z2期。

想在一部篇幅相对有限的长篇小说中刻画塑造出众多的人物群像来，写作难度无疑还是要大一些的。

或许与中国古代人物群像类长篇小说的写作难度有关，当然，肯定更主要是因为受到西方长篇小说影响的缘故，到了五四之后逐渐成熟起来的中国现代长篇小说中，大多数的作家所采用的便是西方这种非人物群像类的写作体式。只有少数的作品，比如巴金的《家》《春》《秋》三部曲，老舍的《四世同堂》等，还多少带有一点中国古代人物群像类长篇小说的特点。到了当代长篇小说中，思来想去，大约也只有陈忠实的《白鹿原》庶几近之也。自然，这里还没有说到贾平凹。如果说到贾平凹，那么，他近期的《秦腔》与《古炉》，就都应该被看作是人物群像类的长篇小说。需要特别指出的一点是，尽管巴金的《家》《春》《秋》三部曲、老舍的《四世同堂》、陈忠实的《白鹿原》某种意义上都可以被看作是人物群像类长篇小说，但除了这一点之外，作家的总体艺术思维方式却依然都是西方式的。很显然，正是在这一点上，贾平凹与其他中国现当代作家形成了鲜明的区别。贾平凹的《秦腔》，尤其是《古炉》，不仅属于人物群像类的长篇小说，而且从基本的艺术思维方式上看，也明显地承继了中国的本土小说传统。关于贾平凹艺术思维方式的本土化问题，我们将在小说的叙事格局部分具体展开分析，这里重点考察的，只是贾平凹《古炉》中人物形象的刻画塑造问题。

作为一部人物群像类的长篇小说，《古炉》中写到的人物形象大约有近百位之多，其中能够给读者留下难忘印象者，最少也有十几位。一部六十多万字的现代长篇小说，能够相对成功地刻画塑造这么多人物形象，确实相当难能可贵。按照李星的看法，这十几位人物形象，又可以被划分为以下几类："借用印度教'三界'（欲界、色界、无色界）的说法，我们可以称《古炉》中人物如蚕婆、善人、狗尿苔等人在曳尾于涂的现实世界，从苦难之炉火中升华出了以大慈悲、大关怀为核心的精神境界的人，可称为'神界'；而麻子黑、守灯、水皮等人却是在现实苦难之炉火中，灵魂出窍，失却人性，沉沦为以仇怨为生存之使命的恶魔式的人，可称为'魔界'；而如夜霸槽、朱大柜、杏开、天布、秃子金、磨子、戴花、半香等古炉村的大多数人，则生活在欲望界，为直接的欲望所控制的人，他们成分构成最复杂，也最为变动不居。在一种情况下，他们可以为善，让自己的思想和灵魂接近于'神界'，在另一种情况下，他们却可以为魔。"[1] 接下来，我们将循序对于这几类人物形象中的代表性人物展开具体深入的艺术分析。但在具体分析人物形象之前，贾平凹对于人物形象塑造的一种思想认识，我们却应该有所了解。《古炉》中，狗尿苔曾经向婆提问霸槽到底算不算一个好人。"婆说：人好人坏看咋样个说哩，世上啥都好认，就是人这肉疙瘩不好认。"在这里，贾平凹很显然是在借蚕婆之口表达自己对于人性构成之复杂多变性的一种深刻体认。这种深刻体认，正是贾平凹在其小说创作中能够深入挖掘表现具有人性深度的人物形象的一种基本保证。

第一节　狗尿苔

[1] 李星《〈古炉〉中的"造反派"》，载《名作欣赏》2012 年第 2 期。

在《古炉》中，狗尿苔一方面总是处于被侮辱与被损害的状态之中，因而总是显得柔弱无力，但在另一方面，狗尿苔却又无疑是作品中最多地承载着贾平凹基本写作题旨的一个带有突出自传性的主要人物形象。小说中的狗尿苔，无父无母，只是与蚕婆祖孙二人相依为命艰难度日。他们祖孙俩的生计本就十分艰难，但在 1960 年代中期席卷全国的那场社教运动中，却又雪上加霜，居然"查出狗尿苔的爷爷被国民党军队抓丁后，四九年去了台湾"，于是，"婆就成了伪军属"。既然蚕婆被戴上了"伪军属"的政治帽子，在那个血统论盛行的阶级斗争年代，狗尿苔虽然没有明确地被戴上政治帽子，但实际上却在劫难逃，事实上已经被划入了另册之中。因之，狗尿苔在《古炉》中，首先是一个卑微者的形象。狗尿苔的卑微，最突出地体现在他的外表形象上。对于狗尿苔不堪入目的丑陋形象，贾平凹曾经借助于秃子金之口，进行过生动的描写："啊狗尿苔呀狗尿苔，咋说你呢？你要是个贫下中农，长得黑就黑吧，可你不是贫下中农，眼珠子却这么突！如果眼睛突出也就算了，还肚子大腿儿细！肚子大腿儿细也行呀，偏还是个乍耳朵！乍耳朵就够了，只要个子高也说得过去，但你毬高的，咋就不长了呢?!"请各位想一想，个子永远长不高，肚子大腿儿细，突眼睛乍耳朵，而且还生得特别黑，这狗尿苔的形象也的确够瘆人的了。关键的问题还在于，狗尿苔不仅不是贫下中农，而且还是阶级敌人的后代。我觉得，贾平凹之所以要特别地把狗尿苔设定为一个永远也长不高的人物形象，一个能够让我们联想起德国作家君特·格拉斯《铁皮鼓》中那位侏儒奥斯卡来的人物形象，或许正是要在一种象征的意义上借此凸显出政治对于人性的压抑与扭曲："唉，他总是兴冲冲地做着什么事，冷不丁就有人说他的出身，这就像一棵庄稼苗苗正伸胳膊伸腿地往上长哩，突然落下个冰雹就砸趴了。他想，被冰雹砸过的庄稼发瓷不长，他的个头也就是被人打击着没长高的。"

045

其实，狗尿苔原来的名字叫作"平安"，但古炉村的人们却从来都不叫他"平安"，而是不无轻蔑地把他喊作狗尿苔。狗尿苔是什么呢？"狗尿苔原本是一种蘑菇，有着毒，吃不成，也只有指头蛋那么大，而且还是狗尿过的地方才生长。"既然被村人们轻蔑地称之为狗尿苔，那么，身为异类的狗尿苔之卑微也就可想而知了。一个地位如此卑微的异类形象，其在古炉村的被侮辱被损害遭际，自然就是无法避免的了。只要认真地读过《古炉》的人，最清晰的记忆之一，大约就是狗尿苔之不断地被支配与被歧视："村里人一向都是要支派狗尿苔跑小脚路的，狗尿苔也一向习惯了受人支派。"除了提溜着一根火绳持续不断地给村人们及时送上火种之外，村人们有什么事都可以任意地驱使狗尿苔。比如，村里边的一众男人们，包括天布、秃子金他们在内，断不了会聚众饮酒。每每到了这个时候，少不了的就是狗尿苔。"每当村里谁家喝酒，吆呼喝酒的人就让狗尿苔去叫人，把要叫的人都叫来了，他就提着火绳站在旁边，等着谁吃烟了去点火，谁赖着不喝了就帮着指责，逼着把酒喝到嘴里，还要说：说话，说话！把酒喝在嘴里迟迟不咽，让一说话酒就咽了。但是，吆喝喝酒的人从没给狗尿苔留个座位，也没让他喝一盅，只是谁实在喝不动了，说：狗尿苔替我喝一下。他端起盅子就喝了，他是能喝十盅也不醉的。"到最后，谁喝醉了，狗尿苔还得负责把醉酒的人送回家里去。然而，尽管狗尿苔已经如此卑微，但在现实生活中所遭遇到的，却依然是无休无止的被伤害。比如说，村里的那头花点子牛死掉之后，要分肉给村民们吃。在那个物质贫瘠的时代，对于从来没有尝过牛肉是什么滋味的狗尿苔来说，能够有机会吃到牛肉，可以说是莫大的口福。然而，眼睁睁地看着村人们一个个兴高采烈地拿着分到手的牛肉回家去了，终于轮到自己的时候，村干部们分给狗尿苔的，却居然只是一些牛百叶。

之所以如此，当然与狗尿苔的出身有关："水皮说：你想让照顾呀，你家明明是婆孙两个，咋能分开说。狗尿苔说：我婆没儿没女，我没妈没大。水皮说：照顾'四类分子'呀？把狗尿苔拨到了旁边。"读过《古炉》之后，分牛肉这个场景描写给我留下了极其难忘的印象。借助于这样的场景描写，贾平凹强有力地凸显出了狗尿苔在古炉村被侮辱被损害的真实处境。

　　需要特别注意的，是狗尿苔身上一种突出的自传性色彩。贾平凹的父亲是乡村教师，母亲是农民。"文化大革命"中，家庭遭受毁灭性摧残，沦为"可教子女"。按照贾平凹自己在《古炉》后记中的说法，"而我呢，我那时十三岁，初中刚刚学到数学的一元一次方程就辍学回村了。我没有与人辩论过，因为口笨，但我也刷过大字报，刷大字报时我提糨糊桶。我在学校是属于'联指'，回乡后我们村以贾性为主，又是属于'联指'，我再不能亮我的观点，直到后来父亲被批斗，从此越发不敢乱说乱动。但我毕竟年纪还小，谁也不在乎我，虽然也是受害者，却更是旁观者。"其实，要想确证狗尿苔形象的自传性，我们只要对读比较一下贾平凹《古炉》与其自传性作品《我是农民》中的相关描写，也就可以一目了然了。在《古炉》中，关于狗尿苔的参加生产队劳动，贾平凹一方面极精细地描写过个子矮小的狗尿苔怎么样艰难地和牛铃一起抬石头的场景，另一方面却也强调狗尿苔辛苦劳动一天才只能记三分工。而在《我是农民》中，也有过这样的一段描写："牛头岭的坡道上常常有一个孩子低头走道。他迟早都背着一个背篓，背篓特大，背篓底直磕着小腿腕子，他永远在低着头。……这孩子就是我。我的工分被定为三分。那时一个劳动日是十分，十分折合人民币是两角，这就是说我从早到晚可以赚得六分钱。被定为三分，我是有意见的，但队长考我们，先让安

047

民同我把一大堆麦糠运到生产队的牛棚楼上，麦糠一分为二，安民两个小时内就运完毕；我虽然穿了件短裤，累得满身汗水，麦芒又扎得手脸通红，但三个小时过去了还没有运完。"[1] 同样是干活只能挣三分工，同样是干活时的艰难与无能，你说，狗尿苔身上能够没有贾平凹自己的形象投射么？其实，放大一点来看，在贾平凹的许多长篇小说中，都少不了会有自传性的形象出现。《废都》中本身就是作家的庄之蝶自不必说，《高老庄》中的高子路与《秦腔》中的夏风身上，也很显然都有着贾平凹自己的影子存在。一部长篇小说的写作过程中，是否把作家自己在某种程度上摆进去，应该会多多少少影响到艺术描写的真切性。狗尿苔这个人物形象之所以能够给读者留下深刻印象，与其自传性色彩的具备显然存在着一定关系。

但无论狗尿苔身上的自传性因素有多么浓烈突出，我们也都得清楚，狗尿苔绝非贾平凹自己的简单翻版，而是建立在自我真切人生经验之上的一个虚构性人物形象。道理非常简单，正如同我们可以在狗尿苔身上轻易地寻绎出诸多与贾平凹相似的特征一样，我们也能够在他身上发现更多不同于贾平凹自己的特征。事实上，作为小说中最主要的人物形象之一，贾平凹在狗尿苔身上有着深切的情怀寄寓。要想更到位地理解狗尿苔的形象，就不能忽视贾平凹在《古炉》后记中关于狗尿苔的这样一段话："狗尿苔，那个可怜可爱的孩子，虽然不完全依附于某一个原型的身上，但在写作的时候，常有一种幻觉，是他就在我的书房，或者钻到这儿藏到那儿，或者痴痴呆呆地坐在桌前看我，偶尔还叫着我的名字。我定睛后，当然书房里什么人都没有，却糊涂了：狗尿苔会不会就是我呢？我喜欢着这个人物，

[1]《贾平凹文集——我是农民·老西安·西路上》第22页，陕西人民出版社，2008年10月版。

他实在是太丑陋，太精怪，太委屈，他前无来处，后无落脚，如星外之客，当他被抱养在了古炉村，因人境逼仄，所以导致想象无涯，与动植物交流，构成了童话一般的世界。狗尿苔和他的童话乐园，这正是古炉村山光水色的美丽中的美丽。"必须承认，《古炉》中曾经多次加以描写的狗尿苔与各种动植物之间可谓亲密无间的关系，确实给读者留下了很深的印象。"麦捆桩子有三个一簇的，两个一簇的，也有单独立栽在那里的，狗尿苔原先以为猪狗鸡猫在一搭了说话，鸟在树上说话，树和树也说话，但他还不知道麦捆桩竟然也在说话。"类似这样描写狗尿苔与动植物对话交流的片断，在《古炉》中还有许多。现在的问题是，狗尿苔何以能够具备如此一种特异能力？问题的答案小说中也有所交代："在古炉村，牛铃老是稀罕着狗尿苔能听得懂动物和草木的言语，但牛铃哪里知道婆是最能懂得动物和草木的，婆只是从来不说，也不让他说。村里人以为婆是手巧，看着什么了就能逮住样子，他们压根没注意到，平日婆在村里，那些馋嘴的猫、卷着尾巴的或拖着尾巴的狗、生产队的那些牛、开合家那只爱干净的奶羊，甚至河里的红花鱼、昂嗤鱼、湿地上的蜗牛和蚯蚓、蝴蝶、蜻蜓以及瓢虫，就上下翻飞着前后簇拥着她。"当然，你还可以继续追问，为什么蚕婆就能够具备一种与动植物沟通的能力呢？其实，对于我们理解《古炉》而言，真正的问题恐怕应该是，作家贾平凹为什么要赋予自己笔下的这些人物这样一种奇特的能力？作家赋予人物此种能力到底意欲何为？我们注意到，对于类似的现象，王德威曾经将之归类于"抒情风格"并给出过自己的解释："回到《古炉》，我认为贾平凹的书写位置和沈从文的《长河》有呼应之处，因为就像沈从文一样，贾平凹痛定思痛，希望凭着历史的后见之明——'文化大革命'之后——重新反省家乡所经过的蜕变；也希望借用抒情笔法，发掘非常时期中'有情'的面向，并以此作为重组生命和生活意义的契机。两者都让政治暴力与田园景象形成危险的对话关系。"[1]王德威将暴力叙事与田园景象对立而论，自然有其相当的道理，但我在这里却更愿意把狗尿苔与蚕婆他们所具备的特异能力理解为一种人道主义的悲悯情怀。让笔下具有理想色彩的人物形象与花鸟虫鱼与猪狗鸡猫之间形成一种和谐的对话沟通关系，某种意义上，完全可以被看作是人道主义悲悯情怀的一种东方式体现。事实上，不只是对于周围的这些动植物，即使是包括那些曾经严重地伤害过自己且自己也一度对其抱有怨恨心理的古炉村人，狗尿苔与蚕婆所采取的都是一种难能可贵的悲悯情怀。关于这一点，因为在"悲悯情怀"一部分已有相应的深度论述，此处不赘。总之有一点，正如同贾平凹在《古炉》后记中提到狗尿苔这一形象时曾经特别说到狗尿苔与一尊明代的童子佛一样，我们也必得把他理解为基督或者佛陀一类的人物，方才算得上真正把握了贾平凹刻画塑造这一人物形象的思想精髓所在。

当然，关于狗尿苔这一形象，还有一个不容忽略的问题是，贾平凹为什么要让他的形象如此丑陋，而且个子永远也长不高？我觉得，作家的这种特别设计，应该与庄子思想的潜在影响有关系。在《庄子》中，曾经多处出现过形貌丑陋的畸人形象，比如《人间世》中身体扭曲的支离疏，《德充符》中相貌极其丑陋的哀骀它，《达生》中的佝偻丈人等，均是如此。这些形象，非常鲜明地体现出了庄子一种基本的人生哲学。"畸人"一词出自《大宗师》："畸人者，畸于人而侔于天。"很显然，庄子此处之所谓"畸人"，乃是与世俗不同的"异人""奇特的人"。但他又是"侔于天"即与天"相

---

[1] 王德威《暴力叙事与抒情风格——贾平凹的〈古炉〉及其他》，载《南方文坛》2011年第4期。

等"，能够"通天道"（掌握自然规律）的人。我们都知道，贾平凹是一位深受中国古代佛道思想影响的作家，对于他所刻意塑造出来的狗尿苔这一畸人形象，我们显然应该在这个层面予以理解和把握。

第二节　蚕婆

蚕婆这一形象，虽然我们在"乡村常态世界"一部分已经有所涉及，但在这里仍然有更进一步深入分析的必要。理解蚕婆，我们一定要注意到这一形象的二重性。我们注意到，《古炉》中曾经出现过派出所王所长和支书之间的一段对话："王所长说：古炉村就这两个四类分子？支书说：要说呀，这两个还不是真正的四类分子，守灯他大是地主，蚕婆的丈夫是解放前当伪军去了台湾。王所长说：这种人还叫婆？支书说：她岁数大，村里人一直这么叫。王所长说：岁数大就不是阶级敌人啦？支书说：对，对，以后让村里人叫她蚕，或者叫狗尿苔他婆。"这一段对话，就十分形象地凸显出了蚕婆在古炉村身份的二重性。其一，古炉村只有两个头上带有明确政治帽子的阶级敌人，一个是"漏划地主"守灯，另一个就是"伪军属"蚕婆。尽管说蚕婆从本质上说是一个良善无比的村妇，她在日常生活中的所作所为完全当得起"扫地恐伤蝼蚁命"的评价，但是，在那样一个完全被政治思维主宰着的政治化时代，她却根本就无法逃脱命运之网对自己的笼罩与捕捉。虽然自己的丈夫成为国民党军人乃是被国民党军队抓丁的结果，并非自己的主动行为，而且，他的最后去台湾也仍然是被裹挟而去的被动行为，但这一切却都无法改变她

051

在频繁的政治运动中作为阶级敌人被批斗的悲惨命运："从此村里一旦要抓阶级斗争，自然而然，守灯和婆就是对象。"正因为被批斗已经明显地日常化了，所以，只要一听到紧急的敲门声，狗尿苔就会本能地以为婆又要挨批斗了："门这么紧急敲，狗尿苔忽地坐起来，小声说：婆，要给你开会呀?! 婆也从门槛上回来，说：你不要出声，我去开门。"以至于，不仅蚕婆自己属于古炉村的另类，而且还连累着狗尿苔也被划入了另册之中。前面所述狗尿苔在古炉村地位之卑微无比，实际上正是受到蚕婆不幸命运拖累影响的结果。

　　但在另一个方面，我们却应该注意到，蚕婆却又是古炉村维持日常生活不可或缺的乡村能人形象。能够心灵手巧地剪得一手好窗花，自然是蚕婆能力的一种突出标志，但更为重要的却是，乡村世界中无论是婚丧嫁娶还是驱邪治病等一干重要的事务，都少不了有蚕婆的参与和介入。比如守灯中了漆毒之后，"守灯寻着了婆，婆是能给人摆治病的，比如谁头疼脑热了就推额颅，用针挑眉心，谁肩疼了举不起手，就拔火罐，这些都不起作用了，就在清水碗里立筷子，驱鬼祛邪。守灯的脸肿成这样，婆说，这得用柏朵子燎。就在院门口喊狗尿苔，要狗尿苔去坟地里砍些柏朵来。"比如马勺他妈去世之后，"婆已经在马勺家待了大半天，她懂得灵桌上应该摆什么，比如献祭的大馄饨馍，要蒸得虚腾腾又不能开裂口子，献祭的面片不能放盐醋葱蒜，献祭的面果子是做成菊花形在油锅里不能炸得太焦。比如怎样给亡人洗身子，梳头，化妆，穿老衣，老衣是单的棉的穿七件呢还是五件，是老衣的所有扣门都扣上呢，还是只扣第三颗扣门。这些老规程能懂得的人不多，而且婆年龄大了，得传授给年轻人，田芽就给婆做下手，婆一边做一边给田芽讲"。尤其值得注意的是，小说中曾经借他人之口这样谈论过蚕婆在古炉村的重要性。"顶针欢

天喜地，说婆知道这么多的！三婶说：你蚕婆是古炉村的先人么。顶针
说：婆名字叫蚕？三婶说：你连婆名字都不知道呀？顶针说：平日都是
婆呀婆呀地叫，谁叫过名字？我亲爷的名字我也不知道哩。……你说都
讲究继香火哩，隔两代都不知道先人的名字，那还给谁继香火?!婆说：
扯远了。三婶说：扯远了。以后有啥不清白的就来问你蚕婆。婆说：忽
悠我哩。"因为中国有着可谓是源远流长的祖先崇拜传统，因此，这里强
调蚕婆是古炉村的"先人"，实际上包含有两种意味：一种是强调蚕婆的
年龄比较大，属于古炉村的长者。但更重要的恐怕却是第二种，那就是
强调如同蚕婆这样一种可谓乡村事物百事通的人物其实是中国乡村传统
伦理道德精神的化身。在当时那个特定的政治化年代，三婶要求顶针她
们多问问蚕婆，其实明显隐含有维护乡村传统精神的意味在其中。道理
非常简单，在《古炉》中，除了政治运动来临时无法逃避被批斗的命运
之外，其他时候的蚕婆都是乡村世界基本秩序的坚持与守护者。

　　假如我们把《古炉》看作是成长小说，那么狗尿苔无疑就是处于不
断成长过程中的一个主要人物形象。按照一般的叙事程式，既然是成长
小说，那么，主人公在成长的过程中就肯定少不了要接受人生导师或者
说帮手的帮助和指导。在小说中，实际上承担此种功能的，就是蚕婆和
善人这两个同属于"神界"的人物形象。先来看蚕婆。因为晚上做了噩
梦，狗尿苔自己哭醒过来，"婆睁大了眼睛看着他，他只说婆要打骂他
了，正后悔着，婆搂住了他，说：恨你爷干啥？你爷也不想让你受苦，
谁也不愿意活着受苦，但人活着咋能没苦，各人有各人的苦，苦来了咱
就要忍哩。听婆的话，出门在外，别人打你右脸，你把左脸给他，别人
打你左脸，你把右脸给他，左右脸让他打了，他就不打了。"蚕婆没有文
化，也肯定不会知道什么托尔斯泰，但在这里，蚕婆的话却与托尔斯泰

053

的话如出一辙。没有文化更没有西方宗教背景的蚕婆，当然不会知道什么叫作"不以暴力抗恶"。但贾平凹自己对此却是十分明白的。在这里，贾平凹把托尔斯泰的话语赋予蚕婆，显然是要给深深陷入生命苦境中的蚕婆和狗尿苔他们继续生存下去一个必要的精神通道。

或许正是在这样一种精神的主导支配之下，经常被批斗的蚕婆才能够成为有勇气的担当者，才以极大的勇气在他人陷入困境的时候慨然施以援手。在残酷的武斗过程中，身为红大刀一派首领之一的磨子被麻子黑捅破肚皮身受重伤，尽管蚕婆他们以前也曾经受过磨子的欺辱，但在此时此刻，以德报怨地帮助磨子解脱困境的，却依然是蚕婆和狗尿苔。"狗尿苔也听说磨子被麻子黑捅了，但他以为磨子和天布灶火跑出古炉村了，没想到竟还在古炉，就藏在自己的地窖里！狗尿苔说：榔头队还到处搜他哩。婆说：这话一个字儿都不敢对外人提说，你要说了，磨子就会被搜去活不成，我也就拿棍子把你打死！婆说这话，还真拿了她的拐杖在地上搕了搕。狗尿苔当然知道事情的轻重，他给婆保证着，又给婆出主意，说善人在山神庙周围种过许多葫芦南瓜，会不会那儿还有没切成片儿的南瓜。"实际上，也正是在蚕婆和狗尿苔祖孙二人的帮助之下，磨子他们才从榔头队控制的古炉村顺利脱逃的。自己本身是阶级敌人，本身就处于极度的困境之中。在这种情况之下，蚕婆仍然能够以极大的勇气冒着天大的危险毅然出手援救磨子，不是菩萨心肠还能是什么呢？很显然，也正是在蚕婆这种精神境界天长日久的感召习染之下，天性善良的狗尿苔才最终形成了自己那样一种难能可贵的悲悯情怀。

不容忽视的一点是，在贾平凹的《古炉》后记中，专门谈到过的人物形象只有三位，而这三位却居然都属于我们所认定的理想性"神界"形象。关于蚕婆这一形象，贾平凹说："最有兴趣的去结识那些民间艺人，比如刻皮影的，捏花馍的，搞木雕泥塑的，做血社火芯子的，无师而绘画的，铰花花的。铰花花就是剪纸。我见过了这些人，这些人并不是传说中的不得了，但他们无一例外都是有神性的人，要么天人合一，要么意志坚强，定力超常。当我在书中写到狗尿苔的婆，原本我是要写我母亲的灵秀和善良，写到一半，得知陕北又发现一个能铰花花的老太太周苹英，她目不识丁，剪出的作品却有一种圣的境界。因为路远，我还未去寻访，竟意外得到了一本她的剪纸图册，其中还有郭庆丰的一篇介评她的文章，文章写得真好，帮助我从周苹英的剪纸中看懂了许多灵魂的图像。于是，狗尿苔婆的身上同时也就有了周苹英的影子。"应该注意到，在这段话中，贾平凹曾经专门提及的"神性"与"圣"以及"灵魂的图像"这些语词。所有的这些语词，都充分表明着蚕婆这一形象在《古炉》中的重要性。

第三节 善人

同样扮演着狗尿苔帮手形象的，是身为乡村知识分子形象，或者按照贾平凹自己的说法属于"乡间智者"形象的善人郭伯轩。说到善人，马上就让我联想到了《红楼梦》中的所谓"空空大士""渺渺真人"。应该注意到，《红楼梦》是由形而上和形而下两个世界组成的。所谓形而下的世界，就是指曹雪芹对于贾府日常生活的如实描写展示。曹雪芹的写实功力非常了得，他这一方面的艺术描写达到了极端逼真的地步，以至于一个明显的艺术错觉就是，仿佛他已经把生活原封不动地照搬到了自己的小说作品中。所谓形而上的世界，就是指包括太虚幻境、还泪神话以及"空空大士""渺渺真人"等神话性因素在内的一个超越于现实时空之外的虚构艺术空间。其中所切实隐含着的，就是曹雪芹对于人生所进行的一种普遍性的哲理思考。善人的形象之所以能够让我们联想到"空空大士""渺渺真人"，首先说明这一形象在《古炉》中有着类似于后者的传达作者形而上思考的作用。但需要注意的是，善人这一形象在传达贾平凹一种形而上之思的同时，却也是一位可触可感可以对之进行深度分析的一个具象化人物。关于善人，我们首先应该注意到，这也是一位有着真实生活原型的人物形象。这一点，贾平凹在《古炉》后记中也已经说

得很明确："在书中，有那么一个善人，他在喋喋不休地说病，古炉村里的病人太多了，他需要来说，他说着与村人不一样的话，这些话或许不像个乡下人说的，但我还是让他说。这个善人是有原型的，先是我们村里的一个老者，后来我在一个寺庙里看到了桌子上摆放了许多佛教方面的书，这些书是善男信女们编印的，非正式出版，可以免费，谁喜欢谁可以拿走。我就拿走了一本《王凤仪言行录》。王凤仪是清同治人，书中介绍了他一生给人说病的事迹。我读了数遍，觉得非常好。就让他和村中的老者合二为一做了善人。善人是宗教的，哲学的，他又不是宗教家和哲学家，他的学识和生存环境只能算是乡间智者，在人性爆发了恶的年代，他注定要失败的，但他毕竟疗救了一些村人，在进行着他力所能及的回复、修补，维持着人伦道德，企图着社会的和谐和安稳。"

关于善人的来历，小说是这样介绍的："善人本来不应该是古炉村人，先是在洛镇的广仁寺里当和尚，社教中强制僧人还俗，公社就把他分散落户到古炉村，住在窑神庙里。他不供佛诵经了，却能行医。"正因为是还俗的僧人，所以，尽管善人严格说起来并不能算作古炉村的阶级

敌人，但在以阶级来区分一切事物的时代，善人却也是被划入另册，常常要在政治运动中受到冲击的。"郭伯轩到古炉村后住在窑神庙，宽敞的地方让他住了，他应该感谢古炉村的贫下中农，应该积极地劳动改造，脱胎换骨，可是，郭伯轩又把窑神庙变成一个寺院了。"支书的这一段话尽管有着为自己购买公房自辩的意思，却也同时说明了善人郭伯轩经常被摆出来"祭旗"的真实处境。因此，善人这一形象，实际上也存在着身份的二重性问题。如果把狗尿苔、蚕婆与善人这三位"神界"类人物形象联系在一起，我们或者能够从其中发现贾平凹对于人生的一种潜隐理解和判断。很显然，在贾平凹看来，正因为这三位人物形象都属于被划入了另册的卑微者，如此一种处境促使他们更能够从自身生存苦境的体察中进一步推己及人，最大程度地救助扶持处境同样不幸的人众。这里面，一个非常关键的问题，恐怕就在于贾平凹自己当年在非常时期也曾经有过与这三位差不多的遭遇处境。此种遭遇处境折射在小说文本中，自然就是三位"神界"类形象的生成与出场了。假若从精神分析学的角度深究起来，此处显然是潜隐有贾平凹某种真切心结所在的。

057

作为古炉村道德精神的"立法者"，善人在小说中最值得注意的一个功能就是说病。这病，其实有着双重的意味：一方面是生理层面上的肉体疾患，但更重要的一面，却是精神层面上的心理疾患。在这里，一个不容忽视的问题，恐怕就是在非正常政治运动的诱发之下，古炉村民们人性中恶的因素普遍地爆发了出来。恶的人性因素越是激烈地发酵爆发，就越是需要有善人这样的"立法者"来守护并传扬可谓是源远流长的乡村人伦道德精神。我们先来看过善人说病到底说了一些什么内容。善人一出场，最早的一个说病对象是护院。护院肚子里长了一个病块，善人来给他说病："我常研究，怨人是苦海，越怨人心里越难过，以致不是生病就是招祸，不是苦海是什么？管人是地狱，管一分别人恨一分，管十分别人恨十分，不是地狱是什么？君子无德怨自修，小人有过怨他人，嘴里不怨心里怨，越怨心里越难过。怨气有毒，存在心里，等于自己服毒药。好人不怨人，怨人是恶人。……"再来看善人是如何给霸槽说病的："人落在苦海里，要是没有会游泳的去救，自己很难出来，因此我救人不仅救命还要救性。救人的命是一时的，还在因果里，救人的性是永远的，一救万古，永断循环。人性被救，如出苦海，如登彼岸，永不再坠落了"，"世人学道不成，病在好高恶下。哪知高处有险低处安然，就像掘井，不往高处去掘，越低才越有水。人做事也得这样，要在下边兜底补漏，别人不要的，你捡着，别人不做的，你去做，别人厌恶的，你别嫌，像水就下，把一切东西全都托起来。不求人知，不恃己长，不言己功，众人敬服你，那才是道。"究其实际，善人这里所讲的，其实是做人的一些基本道理。在这个意义上，与其说善人是在说病，莫如说他是在很有效地进行着一种心理的疏导工作。在护院这样的病人面前，善人所出演的角色非常类似于现代意义上的一种心理咨询师。细细地分析善人说病的内容，就不难发现既有儒家文化的东西，也有道家文化的体现，当然，因为善人曾经出家做过和尚的缘故，佛家文化的东西显然更要多一些。可以说是儒道释兼备于一炉。因为儒道释是中国传统文化的集中体现，所以，善人说病的主要内容就可以被看作是对于中国传统文化的一种大力倡扬。当然了，需要强调的一点是，善人并非直接地宣扬儒道释的文化理念，而是尽可能地用一种适合于乡村生活的日常化话语来进行这种宣示的。但在实际上，因为文化理念本身的难以化约性，所以，很多时候善人或者说贾平凹如此一种努力的效果并不够明显。这样，难免也就会出现贾平凹在《古炉》后记中所说的"这些话或许不像个乡下人说的"情况。

在《古炉》中，作为善人精神直接传承者的，是狗尿苔。阅读小说，不难发现，善人作为生活在古炉村的一位长者，在日常生活中给予狗尿苔必要关怀的同时，也特别注重道德精神层面对于狗尿苔的教化和影响。在这一方面，最突出的一个事件，就是善人带着狗尿苔对于一场武斗的巧妙制止。眼看着榔头队和红大刀的一场火并在即，善人一看，别无他法，最好的阻止办法，恐怕也只有利用自己和狗尿苔正在抬着上山的蜂箱了。"狗尿苔睁开眼，从草丛里往下边的路上看，榔头队和红大刀各自往前挪步，中间的路越来越短，越来越短，路边的草就摇起来，没有风草却在摇，那是双方身上的气冲撞得在摇，狗尿苔害怕得又闭上了眼睛。但善人站起来了，又揪着狗尿苔的后领往起拉，说：把箱子推下去，推箱子！箱子怎么能推下去呢，推下去箱子肯定就散板了，那蜂就全飞了，不养蜂啦？不治病啦？狗尿苔被拉起来了，他站着不动，浑身僵硬。善人就自己把箱子往下推，但箱子前有一个石锥，箱子滚了几个跟斗又卡在了那里，善人再去推，没推动。善人说：快，他们要打起来了！狗尿苔这才跑过来，双手抬起箱子角往起掀，箱子就掀下去了……"一场你死我活的恶斗被阻止了，狗尿苔和善人却为此而付出了不小的代价。假若不是侥幸地被卡在了三棵树的树杈上，狗尿苔的生命存在恐怕都会出现问题。但更需要我们予以关注的，却是事发后善人不失时机对于狗尿苔的一番开悟教导："既然善人没事，狗尿苔就要埋怨善人了，为什么要把蜂箱推下去呢，要推下去你推么，偏要叫我也一块推。善人说：要不推下蜂箱，你让他们打起来呀？！这不，他们都退了，蛰了你一个，救了多少人呢？如果……狗尿苔说：你咋和支书一样样的，又训我哄我呀？善人说：我和支书不一样，我是讲道的。狗尿苔说：道是个啥，能吃能喝，在哪儿？善人说：今日就是道么。狗尿苔说：今日是啥道？善人说：道是天道，人人都有，并没有离开人，因为人是天生的，什么时候求，什么时候应，什么时候用，什么时候有，天并没有把人忘了。狗尿苔说：椰头队和红大刀也不会把咱忘的？哼，不知道他们咋恨咱哩！善人说：恨咱啥呀？恨咱没让他们出人命?!"很显然，正是在善人类似于此言行的影响之下，狗尿苔才最后养成了那样一种特别难能可贵的人道主义悲悯情怀。实际上，也正因为如此，所以狗尿苔才成了善人道德精神的真正传承者。我们注意到，就在善人弃世之前，曾经专门对狗尿苔说过一席话："善人却对狗尿苔说：你要快长哩，狗尿苔，你婆要靠你哩。狗尿苔说：我能孝顺我婆的。善人说：村里好多人还得靠你哩。狗尿苔说：好多人还得靠我？善人说：是得靠你，支书得靠你，杏开得靠你，杏开的儿子也得靠你。说得狗尿苔都糊涂了，说：我还有用呀？……善人微笑了一下，把手举起来，说：啊，我会把心留给你们的。"一个人，怎么可以把自己的心单独留下呢？这里显然只能做一种象征性的解读，善人要留下来的应该是一颗善心，应该是一种乡村世界中的传统人伦道德精神。而善人遗愿最理想的继承者也只能是出身特别卑微低贱的狗尿苔。同样的道理，狗尿苔既然连个子都长不高，又怎么可能成为一众古炉村人未来的依托和希望所在呢？在这里，善人所强调的，实际上，还是狗尿苔身上一种传统人伦道德精神的具备，是其一种普度众生的博大悲悯情怀的具备。

第四章：人物形象论（二）

✳

　　接下来我们要加以讨论的，就是属于"欲望界"的那些"半神半魔"的人性善恶交杂的人物形象了。首先进入我们分析视野的，就是最早在古炉村搞起"文化大革命"运动来的夜霸槽。在小说中，夜霸槽一出场亮相，贾平凹只是通过几个细节的描写，就把这个人物形象的几个特点凸显了出来。一个是长相："霸槽是古炉村最俊朗的男人，高个子，宽肩膀，干净的脸上眼明齿白……"如果说狗尿苔是古炉村形象最丑陋的人，那么，这夜霸槽的情况就恰恰和他相反。同样值得注意的是，这两位不仅形象差异极大，而且基本性情更有着鲜明的对照。霸槽出场之后的一个动作，就是不无残忍地撕蜘蛛腿："霸槽似乎很失望，伸手把墙角的一个蜘蛛网扯破了，那个网上坐着一只蜘蛛，蜘蛛背上的图案像个鬼脸，刚才狗尿苔还在琢磨，从来没见过这种蜘蛛呀，霸槽就把蜘蛛的一条长腿拔下来，又把另一条腿拔下来，蜘蛛在发出咝咝的响声。狗尿苔便不忍心看了，他身子往上跳了一下。"无缘无故莫名其妙地，夜霸槽就把一只无辜的蜘蛛给这样肢解残害了。这样的细节，所透露出的，正是夜霸槽内心世界中一种潜藏着的无毒不丈夫式的残忍与凶狠。前边已经说过，狗尿苔作为一个别具一种悲悯情怀的"神界"人物，具备一种特异的能够与各种动植物进行对话沟通的能力。狗尿苔之所以可以具备此种能力，其前提肯定是他对于动植物一种发自内心的热爱与守护。若非如此，那些动植物恐怕也都不会把狗尿苔当作自己的真心朋友。一个悲天悯人，一个异常凶狠，夜霸槽残忍对待蜘蛛的行为，首先与狗尿苔的行为形成了突出的反差和对比。现在的问题是，夜霸槽的此种行为确实是无缘无故的么？答案自然是否定的。看似毫无理由，但如果我们把夜霸槽的行为与此前夜霸槽的一句话联系起来，一切就都释然了。在询问过狗尿苔确实没有再闻到过特别气味之后，夜霸槽说："没有，古炉村快把人憋死啦，怎么就没了气味？"其失望之状，可谓形神毕现也！夜霸槽为什么失望？关键就在于"古炉村快把人憋死啦"。一句"古炉村快把人憋死啦"，活灵活现地道出了夜霸槽的精神心结所在。在古炉村，夜霸槽可谓是最不安分的一个灵魂。置身于秩序井然的古炉村，想要有所作为的夜霸槽真切地感受到了一种"英雄无用武之地"的寂寞与无奈。因此，在霸槽的内心深处，一直就渴望着古炉村能够发生天翻地覆的变化。按照小说中的描写，狗尿苔能够闻到某种特别的气味。只要他闻到这种特别气味，古炉村就会有大事情发生。夜霸槽之所以反复询问狗尿苔最近是不是闻到过那种气味，显然是期盼着古炉村能够有大事发生，希望古炉村的社会秩序能够有所松动改变。或者也可以说，在夜霸槽的反复询问背后，潜藏着一种"唯恐天下不乱"的隐秘心理。正因为狗尿苔回答说最近没有闻到过特别的气味，所以夜霸槽才倍感失望，以至于心中无端涌出一种恶气。这种恶气无处宣泄，倒霉的就只能是那只无辜的蜘蛛了。那只蜘蛛的不幸遭际，只应该被看作是夜霸槽心中的郁闷恶气转移迁怒的结果。此外还有一个特点，就是夜霸槽对于狗尿苔的关心。就在这次对话的过程中，夜霸槽把自己了解的狗尿苔身世情况告诉了狗尿苔："听说蚕婆去镇上赶集，赶集回来就抱回了你，是别人在镇上把你送给了蚕婆的还是蚕婆在回来的路上捡到的，我不知道。"正是这段话使得狗尿苔信任并喜欢上了夜霸槽："就是霸槽说了这一段话，狗尿苔更加喜欢了霸槽，霸槽还关心他，因为村子里的人从来没给他说过这种话，连婆也说他是从河里用笊篱捞的，是石头缝里蹦出来的，只有霸槽说出他是婆抱来的。"我从哪里来？对于一个人来说，自己的身世来历，绝对是一个根本问题。但狗尿苔的不寻常处，却正在于他一直都弄不清自己的真正来历。唯其如此，夜霸槽能够如此推心置腹地告诉狗尿苔这些情况，尽管夜霸槽的说法正确与否，始终都没有在小说文本中得到证实，但对于一直就蒙在鼓里的狗尿苔来说，却已经的确是感激涕零了。对于长期处于被冷落状态的狗尿苔来说，霸槽的这种关怀可谓是弥足珍贵的。所以，从这个时候开始，狗尿苔就总是爱去找霸槽，就成了霸槽一个忠实的小跟班。你看，在这里充分体现出的，就是贾平凹突出的艺术表现能力。仅仅只是通过夜霸槽出场亮相时的短短几百字，一方面呈现出了夜霸槽不同凡响的俊朗形貌，另一方面凸显出了夜霸槽性格中的不安分，尽管凶狠但却又不乏善性残存的几个特点。说实在话，在中国当代作家中，如同贾平凹这样只是通过寥寥数百字就可以把一个人物形象的基本特点形神毕现地呈现在广大读者面前，还真是相当罕见的。

在故事发生的 1960 年代中期，古炉村有文化的人并不多见，但夜霸槽却是其中之一。狗尿苔之所以带着火绳到处跑，成为古炉村的一个火种，正是因为受到夜霸槽启发的缘故："霸槽给他讲，出门带火有啥丢人的，你个国民党军官的残渣余孽，是个苍蝇还嫌厕所里不卫生？何况这只是让你出门带火。你知道吗？最早最早的时候，火对人很要紧，原始部落，你不晓得啥是原始部落，就是开始有人的那阵起，原始部落里是派最重要的人才去守火的。"在这里，夜霸槽一方面给狗尿苔传授着狗尿苔所不知道的知识，另一方面，更重要的是，贾平凹借夜霸槽对于"火"在原始部落中重要性的强调，实际上是在暗示狗尿苔作为一个"神界"人物，作为善人与蚕婆道德精神的传承者，在《古炉》中的重要性。"火种"是重要的，由谁来守持"火种"也同样是重要的。之所以是狗尿苔，而不是其他人拎着一根火绳在古炉村转来转去，为村里边所有的人都随时奉上"火种"，贾平凹如此一种艺术设定的幽微深意显然在此。同样需要引起我们高度关注的，恐怕是夜霸槽对于狗尿苔说出的另一段话："霸槽又说猫头鹰是天上的神，青蛙是地上的神。狗尿苔说：那是为什么呢？霸槽说：你知道女娲吗？狗尿苔说：不知道。霸槽说：你肯定不知道，也不知道啥是神话，神话里说天上有了窟窿了天上漏水……狗尿苔说：啊下雨是天有了窟窿？霸槽说：女娲是用石头补天哩，女娲就是青蛙托生的。……霸槽却说：我可能也是青蛙变的。狗尿苔又不信了，说：你怎么能是青蛙变的，青蛙嘴大肚大，灶火才是青蛙变的。"这时，恰好灶火走了过来，也加入到了对话之中。"狗尿苔说：灶火叔，霸槽哥说青蛙是神，他就是青蛙变的。灶火说：他说他是朱大柜你就以为他是朱大柜啦?！霸槽说：朱大柜算个屁！狗尿苔惊得目瞪口呆了，朱大柜是古炉村的支书，霸槽敢说朱大柜算个屁？灶火说：好么霸槽，咱村里马勺是见谁都服，你是见谁都不服！霸槽说：那又咋啦？……霸槽说：你以为我往后就是个钉鞋的?”这一段对话，对于我们理解夜霸槽这一人物，同样发挥着重要作用。讲述女娲神话，在证明夜霸槽拥有文化知识的同时，如同询问狗尿苔是否闻到特别气味一样，此处霸槽强调自己是“青蛙变的”，并以曾经补天的女娲自比，所充分凸显出的，依然是霸槽性格中极不安分的一面。而且，因为有了灶火的加入，霸槽更是以一种直截了当的方式把自己内心中潜藏着的想在古炉村有一番大的作为的想法表现了出来。当霸槽说“朱大柜算个屁”，反问说“你以为我往后就是个钉鞋的”的时候，霸槽那样一种试图取村支书朱大柜而代之的勃勃野心，实际上也就昭然若揭了。

霸槽不仅有相当丰富的知识，而且也有着足够的野心或者说雄心壮志。如前所言，无论是询问狗尿苔是否闻到了特别的气味，还是自比为补天的女娲，或者公开对于支书朱大柜表示不屑，所有这些，都已经在相当程度上证实着霸槽野心的存在。“古炉村敢让我拿事，啊古炉村还能穷成这样？信不?”“霸槽是个早就觉得他一身本事没个发展处，怨天尤人的，要割他的资本主义尾巴，那肯定是要不服的。”以上，无论是霸槽的自述，还是队长满盆对于霸槽的谈论，都在有力地强化着霸槽的这一特点。对于霸槽的这一特点，贾平凹在小说中曾经很巧妙地借助于杏开和善人的眼光进行过肯定性谈论。首先是一直喜欢着霸槽的杏开：“她知道霸槽是伏卧得太久了遇到机遇就要高飞，可能跟着黄生生高飞吗，砸了山门砸了石狮子砸了那么多家的屋脊能不惹众怒吗？轰就轰吧，轰走了也活该！""唉，霸槽是一口钟，钟是在空中才能鸣响的，而不是埋在土里，这谁能理解呢？"假若说杏开的看法还多少会受到情感因素的影响，那么，可谓是见多识广的善人的看法就应该是相当冷静客观的："你是古炉村里的骐骥，你是州河岸上的鹰鹞，来找我有事吗？"能够被善人看作是"骐骥""鹰鹞"，能够得到善人的充分肯定，足见霸槽的心志之高和能力之强。这样的人物，假如有了合适的机会，将会大有一番作为的。对于这一点，李星曾经有过深刻的洞见："权力是一匹疯狂的马，当它疯狂起来时，骑手也不得不随之而舞。所以启蒙主义思想家伏尔泰说：相比于牛顿等伟大的科学家，那些大名鼎鼎的政治家和征服者，不过是些'大名鼎鼎的坏蛋罢了'。与朱大柜具有同样造反者、征服者基因的夜霸槽就是这样的'坏蛋'，他被依法处决了，这不仅是他个人的悲剧，也是历史及'文革'所造成的生命悲剧。斯威夫特说：'一个人选择好适当的时机，跨过深渊，成为英雄，便被称为国家的拯救者；另一个人虽取得同样事业，但是选择了不幸的时机，他就被指责为疯狂。'霸槽、天布等许许多多的'文革'中的'造反派''群众领袖'就是这样选错了时机的不幸者。"[1]

实际的情形确也如此，我们之所以在面对现实或者历史时常常会发出生不逢时之叹，根本原因就在这里。同样是意志和能力超强的人，因为所处具体时代境遇和历史条件的不同，他们的人生结局就会形成天壤之别。我们平时所一直强

[1]李星《〈古炉〉中的"造反派"》，载《名作欣赏》2012年第2期。

调的"成王败寇"，说的其实也是这个道理。对于霸槽来说，自己虽然久有凌云之志，但狗尿苔却一直闻不到那种特别的气息，古炉村的秩序也凝固沉静得就像一潭死水，历史机遇的不具备，就使得霸槽虽然倍感不满，但也只能屈居人下了。然而，霸槽尽管无法实现自己的宏大志向，未能够取朱大柜而代之，但是，他那颗生来就不肯安分的灵魂却总是要不断地折腾出一些事情来的。比如说他的盖小木屋钉鞋补胎："霸槽从那时起才开始钉鞋补胎，又专门在公路上盖了个小木屋。队长认为这是资本主义的尾巴，应该割的，可村里的木匠、泥瓦匠也常到外村去干活，还有土根仍在编了芦席，迷糊编了草鞋，七天一次赶下河湾的集市，霸槽是个早就觉得他一身本事没个发展处，怨天尤人的，要割他的资本主义尾巴，那肯定是要不服的。支书就说：让他去成精吧，只要他给生产队交提成。但是，古炉村的木匠、泥瓦匠、篾匠们却按时交了提成，霸槽就是不交。"再比如他的私设粮食交易市场："狗尿苔没有想到霸槽会告诉他一个秘密，如果用米换包谷，在小木屋里就能换，只是一斤米能换一斤半包谷，而且还可以买卖，卖一斤米三角五，买一斤包谷二角二。原来小木屋早已在做粮食的生意，买的卖的交易成功了，并不要求抽场所份子，来骑自行车的拉架子车的必须补一次胎，背着篓捎着布袋步行来的就修一下鞋。"必须注意到，这些事情发生的时间是在 1960 年代的中期。那是一个极端政治化的时代，也是一个特别敌视所谓"资本主义"的时代。在那样的一种时代氛围中，无论是霸槽的私盖小木屋钉鞋补胎，还是他偷偷地私设粮食交易市场，都属于冒天下之大不韪的极端行为。只要稍有闪失，霸槽就将为此而付出惨重的代价。然而，尽管对于面临的危险心知肚明，但霸槽却偏偏就有此种冒天下之大不韪的勇气。如此一种情形，就充分说明霸槽此人确实具有一种寻常人等不可能具备的成就大事的不凡气质和能力。假若霸槽的这种行为推后十年发生，那么，他所出演的不就是类似于安徽小岗村农民那样的一种引领历史潮流的时代先知角色吗?!

然而，时代是无法假设选择的。霸槽所具体遭逢的，偏偏是 1960 年代中期"文革"风雨即将扑面而来的时代。对于生活在古炉村的霸槽来说，"文革"可以说是历史给他提供的唯一一个可以充分地实现个人意志能力，真正出人头地的机会。假若放弃了这个机会，不去放手一搏，那么，霸槽很可能就这么委屈窝囊地度过自己的平淡一生。在这里，一个关键的问题在于，作为一个置身于历史长河生活长河中的底层人物，霸槽并不可能从具体的历史中跳身而出，不可能超越历史预知认识到"文革"的邪恶本质。因此，从更加阔大纵深的一种历史视野来看，霸槽其实只能盲目地义无反顾地一纵身跳进历史的深渊之中。虽然霸槽最后作为"文革"中的造反派头子被处决了，但在某种意义上说，以个体形象出场的霸槽并无所谓过错可谈，假若一定要追究霸槽悲剧的切实负责者，那大约就只能是历史本身了。如果霸槽具体所处的是别一段历史时空，那么，他很可能就不再是悲剧性的失败者，而是会成为人们顶礼膜拜的历史英雄。现在需要我们追问思考的一个问题是，1960 年代中期的古炉村，为什么就没有给霸槽这样的勃勃野心者留下实现自我才能意志的空间呢？只要我们稍加细致观察，即不难发现，在"文革"造反"发迹"之前，霸槽在古炉村实际上一直处于失意的状态之中。比如，"古炉村应该有个代销店其实是霸槽给支书建议的，结果支书让开合办了而不是他霸槽。"再比如，"霸槽就特别兴奋，说：打么，打么，打起来了我就能当将军！但是，他和天布争夺连长的职务，没有争过，天布和洛镇公社的武装干事关系好，天布就当上了连长。"为什么会是如此？天然具有强力意志和能力的霸槽为什么总是在古炉村没有用武之地呢？细细想来，原因有二：其一，霸槽姓夜，而支书姓朱。在古炉村，有朱、夜两个大姓，其余只是零零散散的一些杂姓："古炉村在很远很远的年代里就烧瓷货了，不了解情况的人只晓得洛镇有朱家窑，可古炉村烧窑的年份比洛镇早，论起来，洛镇的姓朱户还是古炉村夜姓人家的外甥哩。据说姓夜的祖先先来到古炉村烧窑，然后把从山西来的姓朱的外甥接纳了，传授烧窑手艺。但夜姓人家人丁不旺，朱家人却越来越多，以致发展到了有两支去了洛镇，而古炉村的夜姓百十年来人口继续稀少……"家族在中国的传统社会结构中本来占有重要的地位，此种情况尽管说在 20 世纪以来中国现代化的过程中，因为受到来自于西方的现代性的冲击，已经有着明显的削弱，但是在中国广大的乡村世界，尤其是在较为偏远的地区，比如古炉村这样的乡村里，家族观念依然在发挥着相当重要的作用。细读《古炉》，即不难发现，在"文革"爆发前的古炉村，尽管朱、夜两大家族之间的关系还算和谐，还能够你来我往和平共处，但朱姓家族的强势与夜姓家族的弱势受压，却是无法被否认的客观事实。不要说别的，单就古炉村干部的组成，就可以看得很明显。支书朱大柜，队长满盆，继任队长磨子、民兵连长天布，会计马勺，村里边主要的干部全部都出自朱姓人家。正所谓"王侯将相宁有种乎"，难道说夜姓人家果然就出不了优秀的人才么？究其原因，很显然是受到当权的朱姓一力压制的结果。霸槽既然姓夜，那么，尽管也的确胸有大志且能力超强，但要想在古炉村出人头地，还是不可能的事情。

其二，更重要的，恐怕是出于支书朱大柜的本能戒备心理。古语云，卧榻之旁岂容他人鼾睡，作为古炉村一言九鼎的村支书，朱大柜其实时刻都防备着大权旁落的危险。那么，放眼古炉村，谁最有可能取自己而代之呢？数来数去，大约也只有霸槽一人脑袋后面长着反骨，存在着这种可能。在这里，关键的一点，是朱大柜敏锐地感觉到了霸槽身上一种与自己相类似基因的存在。"就连支书朱大柜，背地里虽然称他为'逛荡鬼'，其妻甚至像防贼一样防着，但不仅竭力回避与他公开冲撞，容忍他在小木屋搞'资本主义尾巴'，相反，从霸槽的种种'造反'行为中，他看到了自己年轻时斗地主、搞土改时的影子。小说一再强调霸槽与年轻时的支书性格、行为的相似性，不仅要强调这种不满于现实的'造反'基因的人性内涵和深远的社会历史背景，而且，并不因为它发生在后来被枪决的霸槽身上，就否定他的合理性和现实意义。"[1]关于朱大柜对于霸槽的防备，只要看一下在满盆病倒之后推选新队长的过程，我们就可以一目了然的。假若纯粹从能力的层面来考虑，霸槽绝对应该是队长的第一人选，但因为他姓夜，更因为朱大柜始终对霸槽有一种防备心理的缘故，所以，继任者只能是朱姓的磨子，而不可能是能力超强的霸槽。应该注意小说中的这样一段叙事话语："天布说：没见啥异常，倒是霸槽不好好出工，整天在公路上招呼串联的学生，噢，

---

[1] 李星《〈古炉〉中的"造反派"》，载《名作欣赏》2012年第2期。

他还戴了顶军帽，那军帽是串联的学生戴的，他戴上不知道要成啥精呀。支书说：我担心的就是他……"一句"我担心的就是他"，所透露出的正是朱大柜长期以来一直防备着霸槽的潜意识心理。

正因为在古炉村备受压制，苦无出头之日，所以，霸槽只能不断地以向外出走的方式来设法寻找自己的现实出路。向外出走的结果，就是霸槽和狗尿苔在洛镇第一次看到了"文革"的具体场景，就是与古炉村之外的造反派黄生生的结识。正是与黄生生的结识，让霸槽知道了外边已经天下大乱，已经搞起了所谓的"文化大革命"。说实在话，到底什么是"文化大革命"？"文化大革命"到底是要干什么？恐怕都不是尽管有些文化但实际上只不过粗通文墨的霸槽能够真正搞明白的。关于这一点，有小说中的叙事话语为证："霸槽说：不是运动会，你看见那横幅上的字了吗？狗尿苔说：我不识字。霸槽说：那写的是'文化大革命'万岁。这文化我知道，革命我也知道，但文化和革命加在一起是怎么回事？还在纳闷，队伍呼啦啦就像水漫过来……"但是，有一点霸槽却看得很明白，那就是，他目力所及范围内的领导干部在这一运动中全部受到冲击全部靠边站了。既然其他领导干部都靠边站了，那么，古炉村的朱大柜为什么就不能靠边站呢？霸槽意识到，"文革"一开始，古炉村天翻地覆彻底改变旧秩序的一天终于到来了，自己登上历史舞台的机会也就此到来。"狗尿苔觉得奇怪，说：村里正酝酿着选队长呀，你走？这一走，不是和上次评救济粮一样，自己拆自己台吗？霸槽说：本来我也谋算的，现在主意变了，只要他支书还是支书，我当那个队长有啥当头？古炉村这个潭就那么浅的水，我就是龙又能兴多大风起多大的浪？狗尿苔说：你是古炉村人，连古炉村队长都当不

073

上，你还能到哪儿成事去？霸槽说：你拿个碟子到河里舀些水来。狗尿苔说：舀水拿个碟子？拿个盆子么，没盆子也给碗么。霸槽说：知道了吧，碗装水比碟子强，可碟子是装菜，装炒菜的！现在形势这么好的，恐怕是我夜霸槽的机会来了，我还看得上当队长？"霸槽有了此种想法，古炉村的"文革"也就此而拉开了序幕。应该注意到，如同全中国的"文革"一样，是以一种破坏性极强的"破四旧"的方式而开始的。霸槽带着一伙人砸了村口的石狮子，砸了山门上刻着的人人马马，还挨家挨户收缴旧东西。四处乱砸东西，当然是霸槽人性中一种恶的体现，但一个应该引起我们思考的问题是，霸槽为什么要乱砸东西呢？这种破坏方式是霸槽他们自己的创造吗？答案自然是否定的。霸槽他们所袭用的，不过是全中国"文革"时期一种普遍的起始方式。因此，与其说"破四旧"体现了霸槽人性中的恶，反倒不如说这种恶，其实更多是一种历史本身的恶。在很多时候，历史本身就是以这样一种恶的形式演进着。霸槽的睿智之处在于，他在古炉村"文革"初起时极巧妙地利用了村里长期累积下来的家族矛盾。虽然小说中并没有明确地描写这一点，但通过灶火、磨子他们的对话却不难得到有力的证实："灶火毕竟气不过，去找磨子，磨子说：这事我知道了，咋弄呀，我有啥办法，人家这是'文化大革命'哩。灶火说：'文化大革命'就是他姓夜的'文化大革命'啦？磨子想了想，'破四旧'的差不多是姓夜的，他说：哦。灶火说：你才哦呀？你当队长，当的毬队长，让姓夜的就这样欺负姓朱的?!……灶火一看，就蔫了许多，说：你再不干，古炉村就没咱姓朱的世事了，要被姓夜的灭绝了。"这里，表面上看，是灶火和磨子这两位姓朱的在发泄对于霸槽他们姓夜的不满，但在实际上贾平凹却非常巧妙地借此交代了霸槽是如何利用家族矛盾来发动古炉村"文革"的。

必须注意到，古炉村"文革"的推进过程中，还真的在许多方面都体现出了霸槽超乎于一般人之上的突出才智。比如，在如何使用水皮的问题上，霸槽的表现就可圈可点。一方面，水皮姓朱，另一方面水皮不仅是最早加入霸槽榔头队的骨干队员，而且还是古炉村少有的文化人之一。等到红大刀队成立之后，当秃子金他们怀疑同样姓朱的水皮对于榔头队会有贰心的时候，霸槽的表现就是出人意料的："霸槽说：我能给你说这话，说明我对你的态度。疑人不用，用人不疑，你水皮怎么啦，姓朱就一定是保皇派啦？水皮说：就是，杏开也还不是姓朱，她还不是和你……霸槽说：和我咋？水皮说：这我不说。霸槽说：不准说她！水皮倒愣了，说：是你不……啦，还是她不……啦？霸槽说：水皮，我给你说一句话，你记住，如今有这机遇了，咱要弄就弄一场大事，弄大事要有大志向，至于女人，任何女人都是咱的马！……霸槽说：你跟着我好好干，我也考虑了，榔头队既然是个组织，不能老是霸槽呀水皮呀的叫，咱是个队，就要叫队长，那么，我当队长，你就来当副队长，咱商量着编三个分队，定出分队长的名单。"面对着是否应该继续信任朱姓的水皮这个问题，霸槽所采取的态度有二，第一叫作"疑人不用，用人不疑"，彻底地打消了秃子金他们对于水皮可能会有贰心的怀疑。第二叫作委以重任，不仅继续放心地使用水皮，而且还把这个古炉村的文化人任命为自己的副手。俗话说，士为知己者死，霸槽所采取的这种处理问题的方式，让水皮内心里产生的，恐怕正是一种终于得遇知己的感觉。既然是难得的知己，那么，水皮能不对霸槽感恩戴德进而肝脑涂地么？从这一细节中可见，霸槽对于那种政治家收拢人心的高明手段，端的是应用自如得心应手。其实，也不只是这一点，在《古炉》中，无论是砸瓷窑、揪斗朱大柜这样的走资派，还是抢粮食、搬救兵，这样一些故事情节中，也都可以看出霸槽那超乎于寻常人等的智慧和能力。必须强调的一点是，我们的分析并非要一味地为霸槽辩护。我们也承认其人性中许多恶的因素在古炉村的这场基层"文革"中有着相当充分的表现，但从小说写作的角度来说，能够如同贾平凹这样通过霸槽形象的刻画塑造异常真切地写出"文革"之所以会发生的人性逻辑与人性基础，的确是难能可贵的一件事情。

076

关于夜霸槽这一人物形象，本来还有他与杏开之间的感情关系需要进行分析，因为本部分还要专门分析杏开的形象塑造，这里就不再展开了。总之，应该确认的一点是，单就人物形象的刻画塑造而言，夜霸槽这一形象，应该被看作是贾平凹在《古炉》中创造出的最丰满生动且人性内涵最为丰富的一个人物形象。其善恶交融，其生命活力，其悲剧结局，都令人可思可叹。某种意义上，夜霸槽完全可以被看作《古炉》中一支美艳的"恶之花"。曹雪芹《红楼梦》中尽管成功地刻画塑造了不少人物形象，但从人性之复杂丰富程度而言，最具艺术审美价值最不容忽视的一个人物形象，绝对应该非王熙凤莫属。如果要在《古炉》中寻找一位类似于王熙凤的人物形象，那就肯定只能是夜霸槽。不仅仅是《古炉》，即使把霸槽放置于"文革"结束之后出现的"文革"小说这样一种大视野中，我们也应该承认贾平凹笔下的夜霸槽是一位具有相当原创意味的"造反派"形象。关于"文革"小说中的"反派"人物形象，学者许子东曾经进行过深入细致的考察："在'灾难故事'中，鲜明的反派角色是'迫害者'，是灾难来临的主要动力（如秦副局长、李国香、王秋赦等）。简而言之，'反派'是一些外貌可憎道德败坏又与主人公有仇的有权势的造反派。在'历史反省'模式中，因为减去了脸谱与权势两项条件，'反派'主要是'背叛者'，是一些与主人公捣乱的道德败坏的造反派（风派）。他们在灾难来临时起不了什么重要作用，充其量只是一些用来为主人公作道德形象陪衬的'小人'而已。而在'荒诞叙述'中，'反派'形象在五项条件中可以减去三项：第一，没有脸谱；第二，不一定是造反派；最主要的是第三，也不一定道德败坏。余下两项条件是'与主人公作对'及'有权势'。换言之，'灾难故事'中的'反派'是做坏事的'坏人'，历史反省模式中的'反派'是做不成多大坏事的'小人'，而荒诞叙述中的'反派'角色虽做'坏事'，却不一定是'坏人'。如林东平、金斗、清水后生、贾大真、罗大妈等人物，小说明明描写他们害人，造成主人公灾难，他们却又总有一定的理由，读者很难痛恨他们。究其原因，是做坏事者在败坏某项道德标准时，总还坚持着另一项道德原则。考虑道德的不同层面，便很难塑造绝对的'坏人'。"[1] 仅仅从许子东的以上分析来看，夜霸槽的形象特征与"荒诞叙述"小说中的"反派"形象，存在着诸多相同之处。但必须明确的有这么两点：其一，许子东所考查的这些荒诞类小说，其写作宗旨大多局限于以荒诞的艺术形式呈现"文革"的荒诞现实，并不以人物形象的深度塑造为主要追求。其二，许子东在进行以上分析时所采用的是一种

[1]许子东《重读"文革"》，第184—185页，人民文学出版社，2011年11月版。

类似于普洛普的结构主义叙事学方法，这种方法更多地注重于人物的功能分析，并不以人物形象塑造的成功与否为做出评价的取舍标准。因此，夜霸槽尽管与许子东所言荒诞叙述中的"反派"形象特征相似，但通过我们对于夜霸槽所进行的深入分析，即不难确证，如果从人物形象塑造的美学角度来说，夜霸槽的原创性审美价值显然是无法被否认的。

第五章：人物形象论（三）

✳

第一节 朱大柜

尽管一定程度上与夜霸槽之间存在着内在性格的相似性，但严格地说起来，古炉村的支书朱大柜依然是一个拥有独立审美价值的人物形象。虽然说在志向远大、敢作敢为、能力超群这些方面，朱大柜与夜霸槽存在着明显的相似之处，但是，他们两个人之间的差别也是非常明显的。在这一方面，夜霸槽的急功冒进、毛手毛脚与朱大柜的老谋深算、沉稳大气形成了非常明显的区别。尽管没有任何血缘关系，但在某种意义上，朱大柜与夜霸槽二者之间，却非常类似于"父"与"子"的关系。熟悉中国现代文学史的读者都知道，在中国现代文学中，存在着一个可以被称之为"父""子"冲突的基本原型。无论是巴金的"激流三部曲"，还是曹禺的《雷雨》《北京人》，抑或路翎的《财主的儿女们》，其中激烈异常的"父""子"冲突都给读者留下了极其难忘的印象。我们之所以能够由朱大柜和夜霸槽联想到"父""子"冲突，一方面是因为他们两人存在着内在一致的人性基因，另一方面则是他们之间也同样存在着尖锐激烈的矛盾冲突。朱大柜之所以能够成为古炉村的村支书，显然与他在土改时的激进表现是分不开的。尽管说土改已经是遥远的过去，但从村人们片言只语的回忆谈论中，我们还是能够感觉到朱大柜当年的基本状况。比如，"咱支书土改那年批斗守灯他大，守灯他妈来求情，支书不是把她睡了还继续批斗守灯他大吗？睡是睡，批是批，那是两码事。"一面睡守灯他妈，一面继续批斗守灯他大，朱大柜的蛮横霸道在这一细节中体现得非常突出。再比如，"但这些雕像当年支书领着人就毁了。摆子说：事情怪得很，谁要当村干部，都砸窑神庙，当年支书砸，现在霸槽又砸。"窑神庙是什么？古炉村以烧窑而著称得名，既如此，在过去的宗法谱系中，窑神庙在古炉村应该占据非常重要的地位。我们完全可以想象得见，窑神庙曾经在古炉村人的生活中扮演过怎样的角色。假若说"物"和"人"可以等量齐观的话，那么，窑神庙在古炉村的地位，某种程度上就相当于孔子在中国传统文化中的地位。这样，砸窑神庙，就相当于五四时期的打倒孔家店。正因为窑神庙的地位如此特别如此重要，所以，每当社会政治运动来临的时候，作为传统象征的窑神庙就在劫难逃了。在这个意义上，朱大柜土改时与夜霸槽"文革"时的砸窑神庙行为，自然也就有异曲同工之妙了。事实上，正是因为当年土改时非常积极，敢于冒天下之大不韪，所以，朱大柜才坐上了书记的宝座。单就行为的过激而言，作为"父"的朱大柜和作为"子"的夜霸槽，确实存在着相同的人性基因，都属于敢于反抗并颠覆秩序的"造反"一族。然而，也正是因为朱大柜与夜霸槽身上有着相同的人性基因，所以，他们之间要爆发激烈的冲突就是必然的事情。正如同"子"最后总是要以反抗的方式试图取代"父"一样，不甘久居于人下的夜霸槽最根本的心愿就是取代朱大柜成为古炉村的新一代统治者。到了这个时候，拥有相同人性基因的"父"与"子"就成了你死我活的竞争对手。"父"一代的朱大柜成为了防守方，对于他来说，如何采取有效的手段防止其他人的挑战，保全自己的既有地位和既得利益，当然就成为了最重要的一个人生选项。而对于"子"一代的夜霸槽来说，如何抓住一切可能的机会，挑战朱大柜的权威地位，以期最后彻底地取而代之，就是他最根本的一种人生选择。一个防守，一个进攻，再加上人生阅历的不同，朱大柜与夜霸槽之间的区别就因此而形成。

　　说到朱大柜的形象塑造，我们首先得注意到小说中一个非常突出的披衣细节。且看朱大柜的出场："支书还是披着衣服，双手在后背上袖着。他一年四季都是披着衣服，天热了披一件对襟夹袄，天冷了披一件狗毛领大衣，夹袄和狗毛领大衣里迟早是一件或两件粗布衫，但要系着布腰带。这种打扮在州河上下的村子里是支部书记们专有的打扮，而古炉村的支书不同的是还拿着个长杆旱烟袋……"何止是州河上下呢？在我的记忆中，小时候我所见到的村支书就总是披着衣服的。某种意义上，很可能那个时代全中国乡村里的支书都是这种装束风格。我自己就曾经在小说作品中多次看到过这样的村支书形象。贾平凹是以尽可能逼真地再现现实生活为基本艺术追求的作家，既然那个年代中国的村支书普遍都习惯于披衣，那么，贾平凹当然不可能为了刻意求新而不忠实于生活本身。然而，从某种意义上说，也正因为许多作家都描写过披衣的支书形象，所以，怎么样抓住这种看似雷同化的生活细节写出人物独具的个性来，就成为了考验作家艺术表现能力高低的一个重要方面。贾平凹的高明之处就在于，他在小说中曾经多次写到过朱大柜的披衣细节，通过朱大柜前前后后披衣细节的变化巧妙地折射出了他的命运变迁与心态演变。

"支书又往前走了，那件大衣还是沉，老往下溜，他时不时耸肩，大红公鸡也是头往前伸着，两个翅膀往后拖着地，也像披了一件大衣。"这时候还处于"文革"前夕，朱大柜的权力地位尚且非常稳固，他并没有感觉到任何现实的威胁存在。唯其如此，所以，此时的朱大柜一副神定气闲的样子，他披衣的动作和状态都显得那样沉稳和庄重。

"支书说：那你还寻天布啥事？！便大声对围观的说：啥事都没有，有啥事哩？！古炉村真是撞邪了，闹腾着不嫌丢人吗，还嫌不乱吗？各回各家去，以后也不要聚众酗酒啦，自己有酒自己喝去，酒把你们变成乌眼鸡啦！说完，他自就回去了，披着的褂子溜下来了三次。"这时候古炉村的"文革"帷幕已经拉开了，夜霸槽已经开始带着一帮人以"破四旧"的方式在村子里打砸抢了。尽管夜霸槽的"文革"一时受挫，一个人暂时离开了古炉村，但社会政治经验丰富的朱大柜却非常清楚，这一切都仅仅才是一个开始，他清醒地认识到，自己在古炉村的统治地位已经面临着最大的冲击。从表面上看，贾平凹在这里具体描写的是天布和半香之间的奸情败露之后，天布与半香的丈夫秃子金大打出手，酿成事端，支书如何凭借自己的权威出面设法平息事端。在事端终于被摆平之后，朱大柜"披着的褂子溜下来了三次"。表面看来，朱大柜的溜衣服，只是与天布和半香的奸情有关。但实际上，他的这种披衣动作，所透露出的却是面对着夜霸槽来势汹汹的逼宫态势，自己内心中一种难以掩饰的慌乱。

"支书一直在那里站着，不知什么时候，他没有再披褂子，褂子就掉

084

在了地上，他不敢到人群里去，他又不敢走开，直到多半的人都在张德章面前喊了口号，唾了唾沫，他轻轻叫着霸槽。霸槽完全可以看见他，也完全可以听到他叫，但霸槽就是没回头看他。"张德章是洛镇公社的书记，此时已被打倒在地，被夜霸槽他们押送到古炉村揪斗。兔死狐悲，物伤其类，眼看着张德章被夜霸槽揪斗，朱大柜内心深知这也将是自己无法逃脱必须面对的命运。尽管暂时还能够站在一旁观察事态的发展演进，但朱大柜此时此刻巨大的内心恐惧可想而知。这一切，都集中表现在他的披衣动作上。如果说在前一次，朱大柜的衣服只是没有披好，从肩上溜下来过三次，那么，到了这一次，面对着已成燎原之火的"文革"大势，面对着夜霸槽的咄咄逼人锋芒毕露，朱大柜的衣服干脆就披不住了，干脆就"掉在了地上"。

"支书转身走到门口了，回头又问毛主席的语录本能不能也给他一本？霸槽说可以呀，给了他一本。支书去的时候因为汗多，把披着的褂子挂在了门环上，走时竟然忘了取，还是霸槽说：你把褂子披上。支书哦哦地来取褂子，迷糊坐在院里的锤布石上搓脚指头缝里的泥，迷糊只看了他一眼，什么话都没有说。"这一次，夜霸槽他们发现村里售卖瓷货的账目有问题，因此决定要认真细致地重新审查账目。自土改以来就已经在古炉村当政当年可谓一手遮天的朱大柜，其瓷货账目肯定存在问题。既然存在问题，那么，面对着霸槽的查账，朱大柜当然就底虚得很。正因为心里没底，所以面对着霸槽，朱大柜干脆连衣服都忘了取。此外，需要注意的，还有贾平凹顺带一笔，对于迷糊的特别描写。作为一个普通村民，迷糊平时在古炉村"土皇帝"朱大柜面前保持的一直是毕恭毕敬甚至缩手缩脚的样子。但到了这一次，这迷糊不仅不再毕恭毕敬，反而只是"看了他一眼",只是一味专注地"搓脚指头缝里的泥"。通过这样的细节,迷糊对身处逆境中的支书的不屑,自然也就得到了充分的表现。看似不过一个随意插入的闲笔,但贾平凹却通过迷糊对于朱大柜的前恭后倨,不无真切地写出了古炉村的世态炎凉与人情冷暖。

"巷子里,支书家的那只公鸡蹬蹬蹬地跑过来,支书嗯了一声往前走,公鸡也撵着走,头扬着,脖子伸着,脖子上的毛稀稀拉拉全乎着,两个翅膀就扑拉在地上,狗尿苔讨厌这公鸡,支书已经不披褂子了,鸡还扑拉啥翅膀?!""迷糊说:那袖筒呢,咋没戴袖筒?支书说:在褂子上戴着的。把褂子从胳膊上取下来,抖着让看。迷糊说:那咋不穿褂子呢?支书说:天热么,穿不住么。"虽然还是支书,但朱大柜这个时候已经确确实实地靠边站了。无论是经常与狗尿苔为伍,还是明白了要遭受迷糊此等人物的无端监督训斥,这些情形都说明着朱大柜处境的日益不堪。一句"支书已经不披褂子了",所凸显出的正是此种状况。在这里,我们应该注意的,是贾平凹关于那一只支书家的公鸡的描写。其实,这只公鸡,早在书记第一次出场的时候就已经同时出现了。第一次出现的公鸡,表现就很有生气:"大红公鸡也是头往前伸着,两个翅膀往后拖着地,也像披了一件大衣。"到这次出现的时候,公鸡依然表现得很有生气,以至于狗尿苔都不由得感叹道:"支书已经不披褂子了,鸡还扑拉啥翅膀。"尽管动植物可以和狗尿苔对话,但公鸡却是不懂世事,不会明白什么叫作"文化大革命"的,更不会知道自己的主人此时此刻早已经是"落架的凤凰不如鸡"。细细想来,其实很有一些"商女不知亡国恨,隔江犹唱后庭花"的味道。这个段落中,公鸡的莫名兴奋与朱大柜的神情沮丧,形成了非常鲜明的对照。贾平凹越是渲染公鸡的兴奋,朱大柜的不幸遭际就越是充满了悲剧的意味。

　　说到 1960 年代中期古炉村基本的社会结构构成，大约可以从政与族两个方面展开相对深入的分析。从政治的一方面来说，在标志着朱大柜正式登上古炉村政治舞台的土改运动发生之前，尽管所谓现代性在中国的发生已经有差不多半个世纪的时间，但由于城乡之间存在着巨大的差异，因此现代性对于中国广大乡村世界的影响甚微。尤其是如同古炉村这样的西部乡村，现代性留下的痕迹可能就更是微乎其微了。尽管贾平凹在小说中只是偶一提及，但我们却完全可以想象得到，土改运动发生之前的古炉村，绝对应该是建立在传统家族制度之上的所谓宗法制社会状态。某种意义上，现代性对于中国乡村世界最根本最具力度的一次强行介入，就是共产党从土改起始在乡村建立基层政权。请注意，在这里，我们是把现代政治也当作现代性的一个有机组成部分来加以理解运用的。既然土改的发生意味着中国乡村世界进入一个新的社会政治时代，那么，在土改中异军崛起成为村支书的朱大柜，自然顺理成章地成为了古炉村的政治掌门人。从那个时候开始，朱大柜一直担任古炉村的村支书，成为了执古炉村的政治组织之牛耳者。需要关注的一个问题是，在土改之前，处于宗法制状态中的古炉村，其政治又是处于怎样的一种组织状态呢？那个时候，中国的政权建制一般只是设到县一级，广大的乡村世界实行的是一种建立于宗法制前提之下的乡村自治制度。在此种社会制度之下，乡绅阶层与宗族族长以及长者显然扮演着非常重要的角色。某种意义上，这些人的社会角色，也就相当于后来作为村支书的朱大柜。这样，自然而然就又扯出了族的问题。如果单纯从族的角度来看，如同蚕婆、善人、朱大柜、夜霸槽等这些人物，无疑就属于在古炉村举足轻重的人物。其中，蚕婆、善人属于见多识广人生经验特别丰富的长者，而朱大柜、夜霸槽，则多少类似于宗族里面的族长角色。朱大柜当然毫无疑问是朱氏家族中一言九鼎的重要人物。从政党组织的角度来看，他是村支书，从朱氏家族的角度来看，他又是事实上的族长。需要展开一说的，是夜氏家族。尽管小说中写到过不少夜姓人物，但无论是从心志，还是从道德水准，抑或是从做事能力等几方面来加以衡量，除了年轻的夜霸槽之外，夜氏家族真还难以找到一位合适的族长人选。扳着指头数来数去，我们也只能万般无奈地把夜霸槽看作是夜氏家族的隐性族长。经过以上的分析，我们最后即不难确认，如果从政和族两个方面来看，朱大柜就既是村支书，是当政者，又是朱氏家族的族长，是家族内部真正一言九鼎的人物。

实际上，在古炉村的日常生活中，朱大柜往往身兼二任，他所出演的往往既是村支书又是家族族长这样的双重角色。我们且来看村里边评救济粮的时候，朱大柜的一段讲话："支书说，我估计都知道了，要么人来得这么齐呀！大家就猜想支书一定像往年一样要说救济粮是共产党给我们的救命粮，……但是，支书今日就没说这些话，他却说丢钥匙的事。他说古炉村世世代代的风气很好，除了几次大的年馑，从来都是夜不闭户，路不拾遗，进山打柴或去帮人割漆，或者去北稍沟煤窑上拉煤，谁的一只草鞋烂了，就将另一只还没烂的草鞋放在路边，为的是过往的人谁的草鞋也烂了还可以换上另一只。秋季里收回来的包谷家家就放在檐下的簸箕上，鸡圈没上过锁，猪圈也不安门，锨呀锄呀镰呀耙呀用过了就撂在门口或者干脆扔在地头。""支书就再拍桌子，说：不要笑了，不要乱出声说话！他继续他的讲话，说古炉村从来是人心向善，世风纯朴，可是，最近接二连三地丢钥匙……"细细地品味这番讲话内容，我们就可以发现，其中，固然有村支书角色意识的体现，但更多地凸显出的，恐怕却是朱大柜作为朱氏家族隐形族长的角色意识。所谓的"世世代代"，所谓的"从来"，绝不仅仅是从共产党执政开始的，其思维触角，显然已经延伸到了很久之前历史深处。所谓"风气很好"，所谓"人心向善，世风纯朴"，则是在强调古炉村曾经有过很好的人伦道德传统。在这个时候，你甚至会觉得朱大柜讲话的味道与善人的口吻非常相似。之所以如此，是因为我们从朱大柜的这段话语中明显地感觉到了传统文化力量的一种传承和表现。

　　关键在于，朱大柜不仅如此说，而且也还落实表现到了具体的行动中。无论是作为政党组织的村支书，还是作为朱氏家族的隐性族长，朱大柜的勇于担当都令人动容。这一点，最突出地表现在他在"文革"中依然积极组织村里边的农业生产上。"磨子让支书去管村里的农活，说：我也是贱，说不理村里的事了，可农活都搁在了那里眼里看不下去啊，我现在又没办法只抓农活，那就把你给我的权再还给你吧。支书说：你这磨子，我是'走资派'，你让'走资派'又走老路呀？磨子说：你管不管是你的事，反正我给你说过了。说完，磨子就走了。磨子偏在村里放话，他让支书抓村里农活了。话放出来，好多人都应声是该抓抓农活了，可两派都在革命，革命又处于激烈时期，能来抓农活的也只有支书了，就有人不断地来找支书……""从此，支书就开始安排起了农活。对于支书安排农活，最积极拥护的就算老顺和来回，来回对别人疯疯癫癫的，一到支书面前就正常了，支书每天早上一开门，来回就在门外站着，问了今日都干啥，然后她就不让支书去张罗，自己敲着一个破铁皮脸盆吆喝,那只狗一直跟着她,该沤肥的去沤肥,该灌田的去灌田。"革命再怎么轰轰烈烈,也无法取代农业生产。不管怎么说,古炉村的日常生活还得延续下去。日常生活最为重要的内容,就是衣食住行。离开了衣食住行的物质支撑,革命也很难进行下去。更进一步地说,即使没有了革命,生活也依然要继续,古炉村的农业生产还得有人来抓。支书自己是靠边站的戴罪之身,本就泥菩萨过河自身难保。但是,眼看着榔头队和红大刀队都忙着去闹革命,古炉村的农业生产陷入瘫痪状态,如果朱大柜再不挺身而出,那么,古炉村的日常生活恐怕真就难以为继了。朱大柜的此种行为,所充分凸显出的就是他作为村支书和朱氏家族隐性族长的双重责任感。

前面说过,夜霸槽与朱大柜他们都属于正邪两赋善恶交杂的一类人物形象,一半是海水一半是火焰。这一点,同样很突出地表现在朱大柜身上。以上我们更多地分析了朱大柜人性中善的一面,接下来简单分析一下其恶的表现。归结起来,朱大柜的人性之恶,约略体现在这样三个方面。其一是为了保住自己的支书宝座,竭尽全力地设法打压一切可能构成挑战的力量。朱大柜与夜霸槽之间的尖锐冲突,最鲜明不过地说明了这一点。其二是飞扬跋扈欺男霸女。虽然贾平凹只是偶一涉略,但朱大柜在古炉村当政十多年,欺男霸女的行径实在难免。最典型的一例就是我们前面曾经提及过的,土改时,在睡了守灯他妈的同时,继续批斗守灯他大。其三是贪污受贿。关于这一点,尽管贾平凹的表现很是隐晦,不仅只提供了一两处细节,而且还充满了暗示性,但只要细加体察捉摸,我们却还是能够明白的。比如"老伴说:等一等。急忙把晾在院子里的簸箕端到上房收拾了,簸箕里是别人送来的点心,送得多,又舍不得吃，放在簸箕里晾着。"再比如"狗尿苔是偷偷替支书的老婆给支书送东西的。天麻麻亮，狗尿苔就离开了古炉村，他带着一罐炖好的鸡肉，一包烟末，还有几件换洗衣裳……"或者"老婆就不哭了，把饭罐打开，饭罐里是米汤里煮了饺子，盛了一碗给支书吃。支书就端了碗，饺子里包着萝卜丝儿，他不是一口吃一个，而是把饺子咬一半，等那一半嚼着咽下了，再咬另一半。""支书从此就呆在了柴草棚，老婆一天三顿来送饭，饭里老有鸡肉。"这里，表面上似乎是在叙述支书家的饮食状况，其实是在暗示读者思考一个问题，为什么支书家的吃食不是鸡肉，就是饺子、点心。只要我们把支书家的吃食与狗尿苔祖孙俩稍加比较，一切就非常清楚了。小说一开头，就写到过这样一个细节，狗尿苔不小心打烂了家里的油瓶，紧接着，"婆头上还别着梳子跑进来，顺手拿门后的笤帚打他。打了一笤帚，看见地上一摊油，忙用勺子往碟子里拾，拾不净，拿手指头蘸，蘸上一点了便刮在碟沿上，直到刮得不能再刮了，油指头又在狗尿苔的嘴上一抹。"必须充分肯定贾平凹的细节表现能力。在读过《秦腔》《古炉》之后，曾经有人把贾平凹的这种艺术表现方式称之为细节现实主义。细细想来，此言确实不虚。贾平凹只是通过蚕婆在地下细细刮油这一细节的描摹，就把狗尿苔祖孙俩生存的极度贫困状态纤毫毕现地表现出来了。1960年代中期的中国，是一个物质极度贫瘠的时代，地处偏远的古炉村就更是如此。狗尿苔祖孙俩的生存状态，实际上正是诸多古炉村民们普遍的一种生存状态。只要我们把狗尿苔他们的生存状态和朱大柜家的饮食状况略加比较，二者之间的差距之大应该是令人咋舌的。为什么会出现如此之大的差异呢？答案很显然只能在朱大柜所拥有的村支书特权上寻找。假若不存在贪污受贿的状况，朱大柜一家的日

091

常生活水平何以能高出古炉村普通村民一大截呢?! 当然了,在强调朱大柜贪污受贿的同时,我们也还得注意到这样的或许同样重要的细节。那就是"簸箕里是别人送来的点心,送得多,又舍不得吃,放在簸箕里晾着"。一句"舍不得吃",却又透露出了支书一家作为农人骨子里的一种勤俭本质。就这样,一方面固然是在贪污受贿,但在另一方面却又不失勤俭本性,通过精彩细节的选择运用,贾平凹极其成功地写出了一种真实的人性复杂状态。

第二节　杏开

从性别的角度来看,贾平凹的这部《古炉》可以说是一个以男性为主体的长篇小说。小说中给读者留下深刻印象者,大多都是男性形象。具体到女性形象,除了年事已高性别特征早已淡化的蚕婆外,作家在小说中用笔最多,倾注最多心血的一个女性形象,就是杏开。从容貌上说,古炉村算得上漂亮的女性大概有两位,一位是既非朱姓也非夜姓的杂姓人长宽的女人戴花,另一位就是队长满盆的女儿杏开。我们且来看杏开。虽然贾平凹并没有专门地对杏开的漂亮容貌进行肖像描写,但却通过两个细节进行过巧妙的侧面渲染。先是借半香之口:"半香说:你说啥?霸槽说:我不要你的烂鞋底。半香说:那你只要杏开的?霸槽一拉狗尿苔就走,半香还在说:杏开不就是年轻么,我年轻时皮肤比她细,是白里透红,煮熟的鸡蛋剥了皮儿在胭脂盒里滚了一下的那种颜色。霸槽,霸槽，你没事来屋里坐坐。"半香是秃子金的老婆，是古炉村一位欲望旺盛的风骚婆娘。她对于古炉村的第一美男夜霸槽有着强烈的兴趣，曾经几次三番主动勾引霸槽。正因为如此，所以，对于霸槽的喜欢杏开，半香表现出了明显的嫉妒心理。这种嫉妒心理，在以上所引一段叙事话语中可以说表现得十分露骨。但实际上，也正是从半香夸奖自己的这段话语中，我们可以约略窥到杏开的容貌出众。看似在表现半香的嫉妒心理，事实上却是在侧面展示描写杏开的美貌，贾平凹的这种艺术表现方法确有其独到之处。尤其值得注意的，是"煮熟的鸡蛋剥了皮儿在胭脂盒里滚了一下的那种颜色"这一句话。真是难为贾平凹了，他居然能够想得出如此日常而又如此生动形象的语言来描写一个貌美女性皮肤的"白里透红"状况。一个作家是否具有突出的语言表现能力，正是在这点点滴滴的细微之处体现出来的。再来看狗尿苔和夜霸槽之间的一段对话："狗尿苔说：你以为你是谁呀？霸槽说：我是夜霸槽！狗尿苔说：哼！霸槽说：你哼啥？狗尿苔说：杏开那么漂亮的……霸槽说：世上就她漂亮？狗尿苔说：可她大是队长。霸槽说：我要的就是队长的女儿！"狗尿苔和杏开都姓朱，从宗族辈分上说，狗尿苔与杏开的父亲满盆是一辈人，杏开应该喊狗尿苔本家叔叔才对。无论从怎样的角度来看，在面对杏开的时候，狗尿苔都没有必要故意夸大其辞。因此，狗尿苔对于杏开的描述显然比较客观，有着相当的可信度。至于杏开到底漂亮到了何种程度，贾平凹自始至终都没有展开过正面描写。我觉得，这样一种艺术处理方式，在很大程度上显示出了作家的艺术自信。不去直截了当地描写人物的容貌，而是巧妙地采用侧面描写的方式，给读者留下充分的艺术想象空间，正可以被看作是贾平凹在杏开肖像描写上的一大成功之处。

在具体展开对于杏开这个女性形象的分析之前，我们应该注意到发生在狗尿苔和蚕婆之间的一段对话："狗尿苔说：婆，你说他这人好不好？婆说：人好人坏看咋样个说哩，世上啥都好认，就是人这肉疙瘩不好认。霸槽对待杏开，好开了他给杏开吃馍，吃饱了还要给嘴里塞，不好了，狗脸子亲家，说翻脸就翻脸，这是谁又给他说了满盆打杏开的事了呀，惹得一村子人都不安宁。"这段话所透露出的基本信息是，在夜霸槽与杏开的爱情关系中，占据主导性地位的，始终是霸槽。这一点，在狗尿苔所观察到的诸多场景中，都能够得到有力的证实。"但杏开怎么不还手呢，怎么不走开呢，就那样让霸槽打吗？狗尿苔平日对杏开说话，杏开总是呛他或鄙视他，而霸槽这样对待她，她却不还手也不走开，狗尿苔就觉得世事不公平也难以理解了。那就打吧，果然霸槽又扇了一个耳光，杏开依然仰着头不吭不动，霸槽再次扬起的手停在了半空，空气里传动着紧促的粗壮的呼吸声。""狗尿苔突然觉得受到了愚弄。他以为有了小木屋那次闹翻，杏开再也不会招理霸槽了，却原来他们又相好了。杏开杏开，人家霸槽真的就爱你吗？没志气的！""狗尿苔不扳霸槽的胳膊了，老老实实坐在了车厢里，他想不明白杏开为什么还去找霸槽，霸槽说了那句话为什么她又骂霸槽？是不是自己年纪小吃不透他们这种事吗？"狗尿苔既是《古炉》中一个重要的人物形象，同时也是小说中的视角性人物，小说中的诸多故事与场景，贾平凹都是借助于狗尿苔的眼光看出来的。必须承认，这样一种设计确有其精妙之处。小说中的许多人和事，因此而变得不再那么简单清晰，就如同我们在隔着毛玻璃看人一样，会有一种朦胧异样的陌生感产生。而文学，如果按照俄国形式主义的理解，从根本上追求的正是这样一种艺术效果。同样是夜霸槽和杏开之间的情爱纠葛，通过狗尿苔这个懵懵懂懂的孩子看出来，艺术效果确实大不相同。从人之常情常理揆度，两个人之间，如果你对我的态度很糟糕，那么，我肯定也不可能以德报怨，对你态度很好。明明看着夜霸槽和杏开已经闹得不可开交，明明看着夜霸槽以那么粗暴的方式对待杏开，狗尿苔就是怎么也弄不明白，杏开为什么还要再来找霸槽，还要继续和霸槽纠缠不清呢。杏开为什么就这么没有志气？这么贱呢？狗尿苔根本就意识不到，霸槽与杏开之间，并非一般的人际关系，而是特别的恋爱关系。实际上，贾平凹借此而巧妙写出的，正是恋人之间一种剪不断理还乱的情感过程。而且，更加值得关注的是，从这些叙事话语中，你还可以明显地感觉到霸槽和杏开之间的某种不平等关系。

095

这样，你就会发现杏开对于霸槽和自己的父亲满盆之间两种明显不同的情感态度，二者形成了鲜明有趣的一种对照关系。正如同狗尿苔已经观察到的，对于霸槽，尽管对方很多时候都表现出对于杏开的不够尊重，但杏开却基本上采取的是一种百依百顺的屈从姿态。与此形成突出对比的，是杏开对于父亲满盆的坚决反抗。杏开的母亲早逝，只有她和父亲两个人相依为命，两个人的关系应该说是格外亲近的。然而，一旦涉及到霸槽，杏开却表现出了一种相当坚定的反抗性。"满盆问拿这钱干啥呀，杏开说她要借给霸槽缴给生产队。满盆一听就火了，把钱夺下，扇了杏开一个耳光。满盆已经耳闻过村里人的风言风语，见杏开竟然偷家里钱替霸槽交款，浑身都气麻了，便骂霸槽是什么货，少教么，浪子么。当农民不像个农民，土狗又扎个狼狗的势，你跟他是混啥哩，你不嫌丢人，我还有个脸哩。杏开说：我丢啥人了，霸槽是地主富农是反革命坏分子？跟他说话就丢人啦?！……满盆把杏开往屋里拉，拉不动，又扇了几个耳光，杏开号啕大哭。"果然，围绕着杏开被打这一事件，霸槽和满盆大打出手，发生了非常尖锐的冲突。满盆生病乃至于最后的一命呜呼，其实都跟这次冲突存在着紧密的联系。两相对照，我们不难发现杏开对于霸槽的爱，真的已经达到了痴迷的程度，以至于面对着霸槽，杏开完全丧失了自身的主体性。或许会有朋友从女性主义批评的立场，指责贾平凹的此种描写背后一种男性霸权立场的存在。不能说这样的批评就没有一定的道理，一个不容回避的问题就是，既然杏开在自己的生身父亲面前都可以表现得如此刚烈，那她为什么就不能够在霸槽面前也同样刚烈呢？为什么在霸槽那里就总是要放低身姿委曲求全呢？这里面，除了杏开发自内心的对于霸槽的喜欢之外，一个重要的原因，我觉得，应该与那个时代古炉村这样西部乡村的文化观念有关。那个时代的古炉村，在男女的情感关系问题上，根本就不可能形成带有突出女性主体性的女性独立观念，现实的情感模式只能是如同杏开这样的依附性样式。作为一个严格意义上的写实作家，贾平凹只能够如实地把这一切表现出来。这样看来，杏开面对霸槽的一腔柔情和面对满盆的刚烈抗争，其实并不矛盾，二者的共同存在，恰恰十分有力地凸显出了杏开人性的复杂丰富。

　　贾平凹是善于体察女性心理、刻画塑造女性形象的一位作家，回顾贾平凹这些年的小说创作，就不难发现，在他的笔下类似于杏开此类的女性形象，差不多已经构成了一个形象系列。如同《高老庄》中的菊娃，《秦腔》中的白雪，可以说都属于此类形象。这两位，再加上杏开，你就不难发现她们之间的一些共同特点。这些女性的性格特征虽然都不乏刚烈的一面，但从总体趋向来看，她们却应该说都是善良柔弱的传统型女性形象。尽管从道德的层面上看，她们可以说都没有什么问题，但令人遗憾的是，她们最后都无法避免被男性遗弃的结果。菊娃是高子路的前妻。高子路后来和西夏结了婚。白雪是夏风的妻子，但夏风最后却离弃了白雪，另择新欢。杏开虽然并没有和霸槽成婚，但她的肚子里却已经怀有霸槽的孩子，而且到小说的结尾处，这孩子也已经降临到了人世。尽管说霸槽最后被处决了，但我们却完全能够想象得到，假若霸槽不被处死，那么，最后他恐怕也会遗弃杏开，选择那个马部长，或者另外的其他女性。在这里，需要我们进一步思考的问题是，为什么贾平凹总是一再地重复叙述这些"痴心女子负心汉"的故事？他的笔下为什么总是会出现类似于杏开这样的女性形象？关于这一点，或许需要我们从精神分析学的角度，到作家某种潜在的无意识中去寻找合理的答案。我们都知道，贾平凹自己曾经经历过一场婚变。在现代社会，情感婚姻的变化，不仅属于并不罕见的寻常之事，而且也是个人的隐私，不知内情的旁观者其实是不应该置一词的。此处我们想指出的一点只是，尽管婚变是贾平凹自己理性选择的结果，但是在情感的潜意识深处，或许会有一种辜负了前妻的愧疚心理存在。这样一种潜意识折射在他的小说作品中，就是菊娃、白雪与杏开此类女性形象的多次被书写与被塑造。

以上，我们分别对贾平凹《古炉》中塑造特别成功的夜霸槽、狗尿苔、蚕婆、善人、朱大柜以及杏开等人物形象，进行了足够深入的艺术分析。必须指出的是，尽管按照李星的看法，《古炉》中的人物形象可以被切割为"神界""魔界"与"半神半魔"三种类型，但实际上，我们以上所具体分析的六位人物形象，却只是分别属于"神界"与"半神半魔"两种类型。被李星归入于"魔界"的麻子黑、守灯，并没有进入我们的

097

分析视野之中。之所以如此，并不是说这些人物的塑造有问题，而是因为相比较而言，人物的人性含量较之于前者要少一些。实际上，贾平凹对于麻子黑和守灯心理阴暗狠毒的描写，也的确给读者留下了很深的印象。比如说麻子黑，仅仅因为和磨子竞争队长一职，就不惜下毒手谋杀磨子，结果阴差阳错地谋害了磨子的叔叔欢喜。再比如守灯，作为地主的儿子，守灯在历次政治运动中都少不了要被批斗，如果说蚕婆、善人的被批斗只是构成了对他们道德人格的淬炼与磨砺，那么，到了心胸狭窄的守灯这里，长期的被批斗却构成了其心理人格的严重扭曲。唯其心理人格被严重扭曲，所以他才会在"文革"中趁乱与麻子黑沆瀣一气，对社会进行疯狂的自毁型报复。其实，也不只是麻子黑和守灯，其他一些我们没有具体进行分析的人物形象，比如天布、半香、秃子金、戴花、磨子等，也都有各自的可圈可点之处，只不过由于篇幅的关系，我们就不再具体展开了。总之有一点，作为一部人物群像类的长篇小说，《古炉》这部长篇小说在人物形象刻画塑造方面的成就还是非常突出，不容忽视的。《古炉》之所以能够成为中国新世纪长篇小说中一部标志性的作品，显然与这一点存在着极其紧密的内在联系。

第六章：叙事艺术（一）

　　小说是一种叙事的艺术，这是早在金圣叹时代就已经明确了的基本观念。在金圣叹那些评点《水浒传》的文字中，关于叙事艺术的探讨就已经占据了不少的篇幅。然而，到了后来的新时期文学中，把小说真正地当作一种叙事艺术来理解对待，恐怕却是 1990 年代前后的事情。此前的新时期文学尽管已经有了长达十年之久的发展历史，但只要你认真地检索一下，就会不无惊讶地发现，早在金圣叹时代就已经确立的小说叙事观念，在 1980 年代的小说批评话语谱系里基本上是一个空白。叙事之成为小说界之显学，引起作家批评家的高度注意，应该是 1990 年代前后的事情。其显著性标志有二：一是在 1980 年代末期，中国的小说界突然出现了一个后来被命名为"先锋文学"的小说创作潮流。包括马原、余华、格非、苏童、孙甘露等在内的一批作家，一般被看作是先锋文学的代表性作家。由于受到西方现代主义文学观念影响的缘故，这批作家特别强调小说"怎么写"的重要性。所谓的"怎么写"，说透了也就是小说应该如何叙事的问题。从此后中国小说界的发展情形来看，必须承认，这一批先锋作家，尤其是其中的马原，对于此后二十多年间的小说叙事，确实产生了不容忽视的根本性影响。其二则同样是在 1980 年代末期,曾经在西方产生过极大影响的所谓结构主义叙事学理论,被中国的学者第一次介绍到了国内。在这一方面,一个标志性的事件,就是由张寅德编选的一部《叙述学研究》于 1989 年由中国社会科学出版社的出版。尽管说金圣叹他们早就探讨过中国古代小说的叙事艺术,但由于中国现当代文学的发展现实与中国古典文论之间实际上的严重隔膜,因此,这种探讨并没有能够在中国现当代文学的发展过程中留下明显痕迹。更多地与西方现代文化以及现代文学存在着亲和关系的中国现当代文学,很多情况下,只有在接受了西方相关理论的影响启示之后,方才可能意识到某一方面问题的重要性。关于小说是一种叙事艺术的理念,情形同样如此。在我的记忆中,中国学界把小说叙事真正提上议事日程,确实是 1990 年代前后伴随着结构主义叙事学理论被介绍进中国来之后的事情。就这样,一个在创作领域,一个在文学理论领域,二者互相呼应,共同推进影响着小说叙事艺术观念在当下时代中国文学界的普及。以至于,在当下时代,研究小说者假如不关注小说的叙事层面,反倒好像显得很没有学问似的。

之所以一开篇就先来探讨一番当下时代小说叙事问题的来龙去脉,是因为包括贾平凹在内的所有中国作家,都是在以上两方面因素的影响之下,叙事意识才真正明确起来的。尽管说小说的存在本身就意味着叙事从来就不曾中止过,但细致地观察一下新时期小说的发展进程,你就会明显地感觉到,先锋文学出现之前与之后的中国小说叙事形态确实有着很大的不同。究其原因,显然与作家们叙事意识的自觉存在着紧密的联系。具体到贾平凹,他的小说创作,也有着一个叙事艺术不断自我更新发展的问题。简略地回顾贾平凹的小说创作历程，就不难发现，出道之初的贾平凹曾经深受孙犁艺术风格的影响，诸如《满月》《小月前本》一类的作品，一派清新淡雅，颇具田园意趣。此后一段时间，贾平凹又先后推出过《鸡窝洼人家》《腊月·正月》以及《浮躁》等一批作品，到了这批作品中，贾平凹遂始走出早期那种唯美田园的风格，社会关怀的意识明显增加，只不过其思想意趣未能摆脱当时主流意识形态的控制影响。单就小说的叙事层面而言，此时的贾平凹则开始向着在中国现当代文学史上一贯占据主流地位的所谓现实主义有所倾斜了。或许也正因此，到现在，我们依然能够听到那些坚持此种艺术理念的人们对贾平凹这一批作品不绝于耳的喝彩声。我始终觉得，对于贾平凹的小说创作而言，1990 年代前后的转型，是至为关键的一件事情。现在看起来，导致贾平凹转型的原因，或许可以从社会与自我两个方面寻得答案。在社会，当然是那一场众所周知的大风波，在个人，则显然是一场比较严重的肝病。关于贾平凹的肝病，我们只要认真地阅读一下贾平凹当时那篇著名的散文《人病》，就可以有真切的体会。贾平凹转型的标志性作品，是他的一组系列短篇小说《太白山记》。这组系列短篇小说不仅开始出现神秘因素，而且初步显示出了贾平凹小说在叙事层面上与中国本土小说传统之间的内在联系。接下来登场的，就是那部当时曾经引起过轩然大波至今在文坛仍然毁誉参半的长篇小说《废都》了。从小说发表的当时，一直到现在，我都坚持认为《废都》是一部不可或缺的重要文本。此作之重要价值，一方面体现在贾平凹以"春江水暖鸭先知"式的敏感，率先在中国文坛意识到了知识分子的精神世界在市场经济时代必然的失落与沦陷，另一方面则是从叙事层面来看，上承《太白山记》之余绪，进一步强化凸显出了贾平凹对于中国本土小说传统的继承和发扬。那种言语声气，那种口味腔调，活脱脱就是从《红楼梦》《金瓶梅》传承转化而来的。关于这一点，批评家李静说得很明白："在小说里，贾平凹完全沉默。我是说从《废都》开始的贾平凹。他几乎亦步亦趋地传承了明清世情小说的叙事技法，借以不厌其烦地描摹世道人情。"[1]然而，尽管说《废都》已经确立了贾平凹的小说叙事与中国传统之间的传承关系，但是，更多地匍匐于传统的阴影之下，却也说明作家实际上还没有真正在叙事层面寻找到自己独有的风格。某种意义上说，大约只有到了新世纪，到贾平凹先后写出长篇小说《秦腔》《古炉》的时候，他的那样一种对于中国本土小说传统进行了某种转化性创造的个人化叙事风格方始宣告完成。

我们注意到，对于贾平凹《秦腔》《古炉》所坚持的叙事方式，学界的看法并不一致。其中，邵燕君的观点就很有代表性："应该说，《秦腔》和《古炉》之所以难读，与贾平凹自觉的形式实验有着本质关系。在这种不以主题聚焦透视而以散点铺陈细节的写作中，贾平凹剔除了一切读者熟悉的叙述模式——不仅是西方现实主义小说的经典模式（如塑造典型环境中的典型人物、情节铺垫和高潮营造等），也包括一切通俗文学模式和章回体等中国古典小说模式，而后者正是'革命历史小说'为了吸引读者而刻意嫁接的，也是'中国气派'的实践努力之一。所以，贾平凹今日的写作路数，与其说是古典的，不如说是现代的；与其说是传统的，不如说是实验的。它故意和读者的阅读惯性拧着来，所有让叙述流畅起来的惯常通道全被堵死了，快感模式被取消了，深度模式被打散了，但以此为代价而突出出

---

[1] 李静《未曾离家的怀乡人——一个文学爱好者对贾平凹的不规则看法》，见《捕风记》第61，67—69页，浙江大学出版社，2011年6月版。

来的日常细节又不过真是一些鸡零狗碎的泼烦日子，没有什么太值得把玩之处，更不像现代主义小说细节那样具有深奥丰富的象征寓意。于是，读者的阅读期待，无论是传统的还是现代的都落空了。这是一棵没法爬的树，树干和树枝都被抽空了，只剩下厚厚堆积的树叶，它们片片不同又大同小异，要一片一片地翻完确实需要职业精神。"[1]说贾平凹剔除了西方现实主义小说的经典模式，这个说法当然可以成立。说贾平凹拒绝了通俗文学的叙述模式，也还很有一些道理。然而，如果仅凭外在表层章回体的运用与否便断定贾平凹的叙事方式与中国古典小说截然不同，这样一种结论的得出，在我看来，还真是有着简单化的嫌疑。按照我个人的一种体会，认为贾平凹《秦腔》《古炉》的叙事方式与中国本土小说传统无关，其实是一种有问题的判断。一种正确的判断方式，恐怕应该是贾平凹一方面积极传承中国本土小说传统，另一方面却也没有拒绝对于西方现代主义艺术经验的借鉴吸收。把以上两方面的艺术经验有效地整合在一起，进而完成对于中国本土小说传统的一种转化性创造，这样的一种看法，才是一种符合实际的艺术评断。

同样令人怀疑的，还有邵燕君关于"贾平凹今日的写作路数，与其说是古典的，不如说是现代的；与其说是传统的，不如说是实验的"一种判断。在这里，一个客观存在的问题，恐怕就是论者简单化地把古典与现代、传统与实验二元对立起来。按照俄国形式主义对于文学的一种基本理解，文学书写是否能够提供一种陌生化的感觉，乃是判断文学创作具备原创性与否的一个非常重要的标准。在这个意义上说来，古典的也可能具备现代意义，传

105

---

[1] 邵燕君《精英写作的悖论和特权——读贾平凹长篇新作〈古炉〉》，载《文学报》2011 年 6 月 2 日 "新批评"。

统的也可能具有实验的价值。这一方面，一个突出的例证，就是赵树理。在中国现代文学史上，赵树理的异军崛起，是上世纪 40 年代的事情。虽然从基本的创作特征来说，赵树理只能被看作是古典的、传统的，但是，如果把他放置在中国现代文学的创作谱系中，相当于此前弥漫于文学创作领域的欧化倾向而言，赵树理此种古典、传统意味十足的小说创作，先锋实验的性质就表现得非常突出，具备了鲜明的现代意义。实际上，也正是在这个意义上，有一种创作现象需要引起我们的高度关注。这就是，尽管说作为一种文学思潮的先锋文学已经成为明日黄花，但是，先锋文学一向所推崇的叙事实验精神却并没有随之而烟消云散。颇具吊诡意味的是，这种具有先锋意味的叙事实验精神，反倒突出地体现在了一批并非是先锋作家的身上。在诸如王蒙、贾平凹、韩少功、史铁生、王安忆、铁凝、张炜、阎连科、李锐等一批作家身上，我们都突出地感觉到了这样一种难能可贵的叙事实验精神的存在。当然，需要指出的是，我们不能过于偏狭地理解所谓的叙事实验，不要一提叙事实验就和西方的现代主义联系在一起。正如同我们前边已经提到过的赵树理一样，有些时候，小说的叙事实验其实也真的可以与古典、传统发生紧密联系。别的且不论，单就贾平凹的小说创作来说，他在《秦腔》《古炉》中的那样一种明显突破常规的叙事艺术，既是对于中国本土小说传统的一种致敬行为，同时也更可以被理解为一种具有强烈先锋意味的叙事实验。有一点，邵燕君的感觉还是很到位的，那就是，某种意义上，贾平凹的写作路数确实是在"故意和读者的阅读惯性拧着来"。这里的一个关键问题在于，作家的叙事艺术到底该顺应于读者的阅读惯性，还是该对读者的阅读惯性构成强有力的挑战。尽管我们也认同作家的叙事实验不能够过激到使读者根本就无法卒读的"天书"地步的说法，但从总体上看，作家的叙事，尤其是带有鲜明实验性的小说叙事，还是应该对于读者的阅读惯性形成一定的挑战力度。从这一点出发，对于贾平凹在《秦腔》《古炉》中的叙事努力，我们所采取的自然就应该是一种肯定的基本姿态。

先让我们从贾平凹的《秦腔》说起。在一篇关于《秦腔》的研究文章中，我曾经把贾平凹的叙事方式称之为"生活流"式的叙事："阅读《秦腔》的一个突出感受便是我们如真地面对了带有疯傻气息的疯子引生，听他将清风街的人与事不无烦琐累赘地一一娓娓道来。这一点，在以下所摘引的这些叙事话语中便不难得到有力的证明。'清风街的故事从来没有茄子一行豇豆一行，它老是黏糊到一起的。你收过核桃树上的核桃吗，用长竹竿打核桃，明明已经打净了，可换个地方一看，树梢上怎么还有一颗？再去打了，再换个地方，又有一颗。核桃永远打不净的''我这说到哪儿啦？我这脑子常常走神。丁霸槽说："引生，引生，你发什么呆？"我说："夏天义……"丁霸槽说："叫二叔！"我说："二叔的那件雪花呢短大衣好像只穿过一次？"丁霸槽说："刚才咱说染坊哩，咋就拉扯到二叔的雪花呢短大衣上呢？"我说："咋就不能拉扯?!"'拉扯得顺顺的么，每一次闲聊还不都是从狗连蛋说到了谁家的媳妇生娃，一宗事一宗事不知不觉过渡得天衣无缝!"窃以为，在以上所摘引的两段叙事话语中的确潜藏着一个对于理解《秦腔》而言十分重要的叙事诗学命题，对于这一点我们不能不察。所谓'拉扯得顺顺的'，所谓'一宗事一宗事不知不觉过渡得天衣无缝'所说明的正是事与事之间不仅不存在明确的主次之分，而且作家在一个故事与另一个故事的衔接处理上转换得极其流畅自如而不留斧凿之痕。这样一种打了一颗核桃再打另一颗核桃的'打核桃'式的叙事方法正是贯穿于《秦腔》始终的一种基本叙事方式。同时，也正是依凭了这样一种'打核桃'式的叙事方法，《秦腔》才真正地实现了总体情节叙事的'去中心化'。如果说20世纪曾经产生过一种有极大影响的'意识流'的小说叙事方式，那么贾平凹《秦腔》中的这样一种叙事方式则殊几可以被命名为一种'生活流'式的叙事方法。"[1]在这里，一个关键的问题，就是如何理解看待乡村生活的问题。只要是对于乡村生活有所了解的人，就都会知道：第一，乡村的日常生活一般情况下谈不上有什么大事。第二，由于乡土的特性，发生在乡村世界中的事情，互相之间都存在着这样或者那样的牵扯联系，恰如引生所说："它老是黏糊到一起的。"既然互有牵扯联系，既然总是黏糊在一起，那么，如同贾平凹这样采取最贴近于生活的"生活流"式的叙事方式，也就有其自己的道理了。当然，必须说明的一点是，尽管我们在此处特别强调乡村生活本身的互相粘连性，但这却并不意味着所有的作家在进行小说写作的时候都得按照这种粘连的方式展开自己的叙事。正所谓条条大路通罗马，在一个艺术民主化、多元化的时代，不同的作家完全可以通过自己设定的叙事方式抵达乡村生活的真实景观。这一点，早已为众多作家成功的艺术实践所证明。单就一部中国现当代文学史而言，诸如鲁迅、沈从文、汪曾祺、赵树理、孙犁、莫言、张炜、陈忠实、铁凝、阎连科等一大批作家，都以自己各各不同的叙事方式，有效地进行着自己的乡村书写。相比较而言，贾平凹的难能可贵之处在于，当他意识到乡村世界生活本身具有粘连性之后，就一直努力地试图以《秦腔》中那样一种"生活流"的

---

[1] 王春林《乡村世界的凋敝与传统文化的挽歌——评贾平凹长篇小说〈秦腔〉》，载《海南师范大学学报》2006年第3期。

方式去还原生活的原生态样貌。正因为此前并没有中国作家尝试过这样一种叙事方式，所以，贾平凹这样一种可谓是极度逼真的书写方式，也就表现出了强烈的实验性色彩。

　　然而，需要引起注意的是，尽管依然可以被看作是一种"生活流"叙事，但严格地说起来，贾平凹的《古炉》并没有完全复制《秦腔》的那样一种叙事方式。之所以会出现这种状况，并非是现阶段的贾平凹已经扬弃了自己的"生活流"叙事方式，而是因为《秦腔》和《古炉》具体表现对象存在着明显的不同。虽然说从大的方面说《秦腔》与《古炉》关注表现的都是贾平凹非常熟悉的乡村生活，但某种意义上，《秦腔》是一部"无事"的小说，《古炉》则属于"有事"的小说。所有的小说里都会有事，怎么会存在"有事"与"无事"的小说呢？那么，究竟何谓"有事"？何谓"无事"呢？所谓"有事"，就是小说中存在着一个大的中心事件。所谓"无事"，就是你打破脑袋也在小说中找不出一个大事件来。依照这样的标准来衡量，《秦腔》就是"无事"的小说，《古炉》当属"有事"的小说。《秦腔》是一部观照表现当下时代乡村生活的长篇小说，细读文本，除了故事的发生地清风街村民们日常生活中诸如夏天义、夏天智之死，诸如白雪的婚礼等婚丧嫁娶生老病死的故事之外，你根本就无法找到某一个通贯全篇的中心事件来。面对着如此一种一方面没有中心，另一方面处处皆是中心，因而只能以散漫一片称之的乡村生活，贾平凹能够以同样看似散漫一片的"去中心化"的"生活流"叙事方式，有效地切入到乡村世界的深处，这种努力确实应该得到充分的肯定。然而，《古炉》的具体情形却明显不同了。尽管还是那个乡村世界，还是散漫无际的粘连性乡村生活，但《古炉》却是一部明确地以古炉村的"文

109

革"为主要表现对象的长篇小说。与《秦腔》相比,"文革"自然而然就成为了《古炉》中的中心事件。实际上,贾平凹的《古炉》叙事一直是围绕着"文革"这一中心事件进行的。因此,虽然从表象上看,似乎《古炉》是沿着《秦腔》的叙事路数延展下来的,但只要认真地辨析一下,二者之间的区别其实格外明显。在这个意义上,那些习惯于笼统地把《秦腔》和《古炉》连缀叠加在一起加以谈论的做法,恐怕就显得有些不太恰当了。尽管说《秦腔》与《古炉》的叙事方式肯定存在着相当的内在联系,但我以为,只有看到它们之间的区别才能够更好地理解这两个小说文本。

110

第七章：叙事艺术（二）

《秦腔》与《古炉》的区别，首先表现在叙事结构的不一样上。如果说《秦腔》是一部散漫无际的"去中心化"的不存在明确线性叙事结构的纯粹由块状叙事组构而成的作品，那么，《古炉》就是一部由块状叙事逐渐向线性的条状叙事转换的作品。那么，究竟何为块状叙事？何为条状叙事呢？所谓"块状叙事"，就是指在一部小说作品中，由于缺乏中心事件可以围绕着展开，所以作家便只能采取一种"散点透视"的方式，如同《秦腔》中的视点人物引生所说以"打核桃"的方式进行叙事。尽管说只能通过文字逐字逐字地叙述，但都给读者的感觉却是，其中不存在一条清晰的指向性线索，以至于你感觉自己所读到的，只是一团一块的叙事板块。那么多的叙事板块貌似没有秩序地拥挤集中在一起，就构成了一部混沌大气的长篇小说。贾平凹的《秦腔》，就可以说是块状叙事最具代表性的一部作品。对于这一点，李静在其研究文章中的分析极其令人信服。李静非常耐心细致地对《秦腔》的意义线索进行了条分缕析的梳理，一共归结出这样几条意义线索：a. 关于权力等级秩序的集体无意识。b. 土地的衰败与道德的崩解。c. 秦腔没落，传统逝去。d. 农民的卑微与重负。e. 人心的贪婪。f. 爱之无能。然后，李静分析道："贾平凹一直致力于给文本注入多义性，在《秦腔》中更是如此。塑造人物和叙述事件时，他会同时将几条意义线索埋在一人、一事之内。比如写夏天义时，a、b 并举；写夏天智，则 a、b、c、d 齐奏；写白雪，b、c、f 交织；写引生，则 a、b、d、f 合鸣……小说的形象世界，因此而血肉饱满，其内涵主旨，亦更加含混难辨。"[1] 尽管使用的术语不同，但李静这里所说的"意义线索"，显然也就是我所使用的"叙事板块"。正因为贾平凹在叙事的推进过程中，总是把几个叙事板块缠揉在一起，所以才形成了一种几乎类似于"照相写实主义"式的逼真艺术效果，并且使得读者的接受成为一件具有挑战性的事情。那么，何为条状叙事呢？就是说在一部小说作品中，拥有一个超乎于其他一切事件之上的"中心事件"，由于存在着这样一个"中心事件"，所以作家的叙事行为就都会自觉地指向这个方向，这样，自然而然就会形成一条相对清晰的叙事线索。《古炉》的中心事件是"文革"，虽然貌似很随意，但实际上贾平凹所有的叙事最终都还是指向了这一中心事件。

《古炉》是按照自然时间的顺序展开叙事的，整部小说一共六大部分，分别是"冬部""春部""夏部""秋部""冬部""春部"。需要说明的是，第一个"冬部"，是 1965 年的冬天，到了第二个"春部"，则已经是 1967 年的春天了。这就是说，小说的故事时间前后持续大约也不过只有一年半的时间。简单回顾一下贾平凹的长篇小说，就不难发现，尽管说也会出现时间处理上的大跨度叙事，比如《病相报告》，但相比较而言，作家的艺术表现更加精彩夺目的，似乎却是类似于《古炉》这样的小跨度叙事。与《古炉》相类似

---

[1] 李静《未曾离家的怀乡人——一个文学爱好者对贾平凹的不规则看法》，见《捕风记》第 61 页，67—69 页，浙江大学出版社，2011 年 6 月版。

的是《秦腔》,《秦腔》的叙事时间，前后大约也只有一年左右。《秦腔》
与《古炉》毫无疑问是贾平凹截止面前最优秀的两个小说文本，在这两
部长篇小说中，作家都把叙事时间控制得非常紧凑。这样必然导致的一
种叙事结果，就是文本的高密度。所谓"密实"，所谓"密不透风"，说
明的都是这种状况。贾平凹自己，则不无形象地把这种叙事状态称之为
"密实的流年式的叙写"。我总有一种强烈的感觉，贾平凹对于叙事时间
的这种处理方式，非常类似于那些能够很好地完成高难度动作的体操运
动员。在一个相对狭小的故事空间内，贾平凹却能够如同那些体操运动
员一样自如地腾挪跳跃、纵横捭阖地把复杂丰富的人生信息高度浓缩控
制在了短暂的时间维度内。说实在话，在当下中国文坛，能够如同贾平
凹一样具备如此一种艺术能力的作家，还真是并不多见。叙事时间的处
理之外，更加值得注意的，恐怕还是《古炉》的叙事结构由块状叙事渐
次转换为条状叙事的问题。具体到小说文本，那就是前两部"冬部""春
部"属于块状叙事，剩下的四个部分，则明显属于条状叙事。

　　在这里我们不妨略微细致地先来梳理一下《古炉》前面第一部分的
块状叙事。梳理之前，先来引述作家赵长天的一种直观阅读感受："读了
几十页后，我开始感觉到阅读的难度。这不是一个短篇幅的散文，是一
部长篇小说，众多的人物争先恐后涌了进来。第一节，短短七页，就出
现了十五个人物，有狗尿苔、婆（即后来说的蚕婆）、来声、田芽、长宽、
秃子金、灶火、跟后、护院的老婆、行运、半香、牛铃、守灯、水皮、
善人。第二节，从第七页到第十三页，又出现了十五个人物，有得称、
欢喜、麻子黑、土根、面鱼儿、开石、锁子、支书（后知道叫朱大柜）、
霸槽、天布的媳妇、戴花、开合、马勺、牛路、杏开。仅仅不到十三页
的篇幅，出来了三十个有名有姓的人物。……这些人，假如他们慢慢进

入，让我先认识三五个，再认识三五个，或许我会渐渐和他们成为朋友。可当三十个陌生人一下子站在面前，我不知道他们的身份，不知道他们之间的关系，再加上故事进展的节奏缓慢，便阻挡着我进入作家笔下的那个世界。……最后，我选择了放弃。"[1] 尽管说赵长天的知难而退，并不就说明贾平凹《古炉》叙事艺术的不成功，但是，他的这种阅读直感，却也从一种特别的角度证明着块状叙事的艺术效果。

我们且来历数《古炉》的第一部分"冬部"都讲述了乡村世界中怎样一些琐碎的故事。就略微大一些的事件来说，第一节一开始就是狗尿苔不小心打破了家里瓷器油瓶，然后，因为蹭树的事儿，狗尿苔与秃子金之间发生了冲突。第二节先是狗尿苔遇上支书，然后，就是他和夜霸槽之间的对话，两人由此建立了密切的关系，同时表现半香对于霸槽持有强烈兴趣。第三节先写霸槽为了杏开与过路司机发生冲突，借机表明两人之间的情感关系，然后，交代古炉村两大姓的来历以及古炉村的历史，接着描写支书卖瓷货的场景。第四节先写老顺从河里捞起了自己后来的老婆来回，然后是麻子黑与狗尿苔之间的冲突。第五节先写霸槽怎么样在公路边建起小木屋钉鞋补胎，然后，写霸槽与满盆之间因为交提成问题发生冲突，接着写蚕婆把自家的猪送给了铁栓家，最后是善人的出场说病。第六节先写狗尿苔和牛铃之间的密切关系，然后写开石与继父面鱼儿之间的矛盾关系。第七节首先描写蚕婆祖孙俩与古炉村动植物之间的亲近关系，然后写杏开洗衣服，接着是守灯犯了漆毒，蚕婆设法疗治，因水皮向支书告状，守灯故意把漆毒传染给水皮。第八节先写霸槽剪了老顺家的狗毛，然后是狗尿苔做梦，重点展示描写马勺他妈的丧礼状况。第九节首先写狗

116

[1] 赵长天《我所感的阅读的难度》，载《文汇报》2011 年 4 月 16 日。

尿苔怎样劝说老顺家的狗，然后写善人给护院媳妇说病，光棍迷糊出场，最后写古炉村许多人的怪病。第十节先写夜霸槽在小木屋偷着开办粮食交易市场，然后是霸槽与护院之间大打出手，接着写霸槽与杏开的情感关系，马勺妈下葬，最后是霸槽与水皮怎样打赌吃豆腐。十一节首先写天布怎样当上民兵连长，然后是天布与半香之间的暧昧关系，最后的笔墨再次落到了霸槽和杏开的情感关系上。十二节首先叙写蚕婆在古炉村的特殊地位，然后，善人说病，守灯报复天布，村人聚众酗酒，霸槽与支书交锋，接着就是波及全村的丢钥匙事件，由丢钥匙再扯出救济粮的分配，最后是来回癫痫病的突然发作。十三节先是水皮写标语，再写善人给来回说病，之后是蚕婆以立筷子的方式替来回治病，接着写村人的前世和各种动物之间的转世关系，半香勾引霸槽，最后是麻子黑欺负狗尿苔。十四节前半部分重点描写村里开会讨论如何分配救济粮，后半部分主要写霸槽、牛铃他们如何打野狗。十五节首先写戴花和来声之间的隐秘情感关系，然后是因为要替霸槽交提成费，杏开与父亲满盆发生尖锐矛盾，接着就是霸槽与满盆之间的直接冲突，最后又回到霸槽和杏开的情感关系上。十六节首先写长宽、天布家养猪，然后重点描写开石的媳妇难产，结果孩子并没有能够保住，最后以村人们的一场酗酒为第一部分作结。

117

必须看到这种概括与复述的困难。为什么会是这样呢？一个关键性的问题在于，作为一种"文革"前史，贾平凹力图最原生态地把古炉村的日常生活状态端出到读者面前。是的，就是端出，尽可能不加任何主观干预地活生生地端出。至为困难的事情在于，无论如何，作家的叙事语言都是线性排列的，作家只能以线性排列的方式展开自己的小说叙事。但现实生活却是立体多面的，贾平凹的根本企图就是要不加任何修饰地把这种立体多面的生活原生态以纸面的形式再现出来。严格说起来，贾平凹的企图恐怕是无法实现的。但不可能实现本身，却并不就意味着贾平凹不可以进行这样一种甚至带有悲壮意义的艺术努力。这就多少有点类似于那个推石上山的西西弗斯一样，推石上山本身，就是此种行为的价值和意义所在。我们之所以强调贾平凹的小说叙事具有鲜明的实验性特征，其根本原因也正在于此。在这个意义上，作家赵长天的疑问就可以得到很好的解释。按照赵长天的说法，他很显然已经习惯了那种人物不仅依序渐次出场，而且同时对这些出场人物的来龙去脉都有清楚交代的常规小说叙事方式。因此，当他一下子面对贾平凹这样一种相当极端的叙事方式，一下子置身于三十位陌生的古炉村民之中的时候，就一下子手足无措起来了。问题是对于贾平凹或者说对于《古炉》中的视角性人物狗尿苔来说，他对于古炉村太熟悉了，对于这三十位邻居已经熟悉到了熟视无睹的地步。什么来声、田芽、护院，不都刚刚还见过面么？有什么好陌生的。其实，只要再有点耐心读下去，就会慢慢地融入古炉村的生活氛围之中，那些古炉村民们的面目自然也就清晰起来了。因此，同样是面对叙事实验性极强的《古炉》，我的阅读感觉却与赵长天明显不同。贾平凹这种力图还原乡村世界原生态状貌的叙事努力，给我的感觉是，他把乡村的日常生活全部弄成了团块状，那些乡村的生活场景和生活细节，就这样如同黄河解冻时期的冰块一般，以团块的方式一团一块地奔涌到了我的眼前。读者经过自己的努力把这些团块拼贴在一起，也就是一幅完整逼真的乡村生活景致了。

要想很好地理解贾平凹的块状叙事，作家在小说后记中的一段话无论如何都是不容忽视的："回想起来，我的写作得益最大的是美术理论，在二十年前，西方那些现代主义各流派的美术理论让我大开眼界。而中

118

国的书，我除了兴趣戏曲美学外，热衷在国画里寻找我小说的技法。西方现代派美术的思维和观念，中国传统美术的哲学和技术，如果结合了，如面能揉得到，那是让人兴奋而乐此不疲的。比如，怎样大面积地团块渲染，看似塞满，其实有层次脉络，渲染中既有西方的色彩，又隐着中国的线条，既有淋淋真气使得温暖，又显一派苍茫沉厚。比如，看似写实，其实写意，看似没秩序，没工整，胡摊乱堆，整体上却清明透彻。比如，怎样'破笔散锋'。比如，怎样使世情环境苦涩与悲凉，怎样使人物郁勃黝黯，孤寂无奈。"细细地品读这段话，贾平凹为什么要执意于块状叙事艺术努力的根本初衷，我们就应该一目了然了。

实际上，贾平凹这种块状叙事的努力还是相当成功的。只要细细地读完前两个部分，就不难体会到，贾平凹一方面真实地呈现出了1960年代中期西部乡村的生活原生态，另一方面更为重要的是，却也为后来古炉村"文革"的发生进行了充分的艺术铺垫。尽管说《古炉》的前两部分给人以混沌一片的感觉，似乎乡村中的各种人和事不分巨细般地涌现在了读者面前，但是，如果仔细辨析，你还是不难触摸到贾平凹的根本用意所在。归结一下，在前面两个部分，贾平凹以块状叙事的方式主要交代了如下几方面的内容。首先，介绍了古炉村的来龙去脉，尤其是朱夜两姓的历史渊源尤其是矛盾纠葛。其次，小说最主要的人物形象（除了那个后来的马部长之外）包括狗尿苔、夜霸槽、蚕婆、善人、朱大柜、杏开、天布、麻子黑、半香、秃子金、戴花等悉数登场。第三，描写了朱大柜在古炉村一手遮天的特权状况。第四，描写了夜霸槽空有一身能耐却在古炉村不得施展的状况。第五，狗尿苔、蚕婆以及善人处境的卑微与内心的良善悲悯得到了初步的展示。以上几方面尤其是关于朱大柜、夜霸槽以及朱夜两姓之间恩怨纠葛的描写，就为后来古炉村"文革"的

119

发生提供了基本的人性基础。而关于狗尿苔、蚕婆以及善人的描写，则已经在明显地为小说中的"文革"罪恶提供一种救赎的可能。而且，也正是在小说的第二部分，一些蛛丝马迹都已经明显地透露出了"文革"的疾风暴雨即将凶猛来临的预兆。先是支书和霸槽的一段对话："支书说：我是说他的出身。霸槽说：要破坏也不是他能搞得破坏的。支书也就同意了，但支书却给霸槽说：霸槽，你去镇上次数多，近日镇上没有啥事吧？霸槽说：有啥事？支书说：张书记托人捎了口信……却不说了，嘴里喃喃着：噢，没事就好，没事就好。弄得霸槽莫名其妙了半天。"张书记到底带来了什么口信？朱大柜为什么欲言又止？这一切其实都暗示着作为村支书的朱大柜已经率先知道了"文革"开始的消息。然后，就是霸槽与狗尿苔一起在镇上亲眼目睹了"文革"的热闹情景："手扶拖拉机又转到一条街上，街西头就过来了好大一群人，都是学生模样，举着红旗，打着标语，高呼着口号。"学生们这是在干什么呢？狗尿苔不认识字，霸槽后来倒是看明白了："霸槽说：不是运动会，你看见那横幅上的字了吗？狗尿苔说：我不识字。霸槽说：那写的是文化大革命万岁。"这是《古炉》中第一次提及"文化大革命"。紧接着，就是对于外地串联学生的描写了："公路上，开始有了步行的学生，这些学生三个一伙，五个一队，都背着背包，背包上插个小旗子，说是串联，要去延安呀，去井冈山呀，去湖南毛主席的故乡韶山呀。都去的是革命圣地。……他们在讲着城里早就'文化大革命'了，'文化大革命'就是破旧立新，就是扫除一切牛鬼蛇神，就是把不符合无产阶级的东西铲除掉。"更为重要的，是红卫兵黄生生的出场。霸槽与黄生生真可谓是不打不成交，因为抢夺黄生生一顶军帽的缘故，他们俩反而成了好朋友。"霸槽说：不打不成交的，现在我们是朋友了。就拉了狗尿苔进了小屋，那人说：你没想到吧，

120

是你告诉我这里是古炉村，我说我记住了，我会再来的。这不就来了！那人伸出手来，狗尿苔才发现是六个指头。那人说：我叫黄生生。狗尿苔说：哦，六指指。黄生生没恼，却说：六个指头更能指点江山啊！两人的手握在一起，黄生生的手像钳子一样握得狗尿苔疼。"请注意最后的一句暗示性描写"黄生生的手像钳子一样握得狗尿苔疼"，很显然，这句看上去写实的话语所隐约揭示出的，就是这个居然长了六个指头的黄生生将会给未来的古炉村带来巨大的灾难。到这个时候，一种"山雨欲来风满楼"的状况也就十分明显了。

果然，从小说的第三部分"夏部"开始，"文革"就在古炉这样一个偏僻的西部乡村正式拉开了帷幕。如果从贾平凹的叙事艺术来说，也正是从这一部分开始，由缺少聚焦点的块状叙事转换成了聚焦点非常突出的条状叙事。尽管说到了此后的部分贾平凹依然在努力地凸显着乡村世界日常生活的真实，但因为有了"文革"这一中心事件，实际上作家的笔墨还是向着中心事件发生了明显的倾斜。有了这种倾斜的发生，小说所带给读者的阅读感觉就与前面两部分有所不同。对于这一点，年轻的批评家黄平曾经进行过形象的描述："更值得注意的是，《古炉》在'反故事'的同时，又有鲜明的'故事性'，这一点几乎所有研究者都略过了。小说二百页之后，在第二百零一页，《夏》部开场，黄生生来到古炉村之后，小说明显变得好读。就像好莱坞电影乃至于通俗小说常见的，两派斗法，文攻武卫，有高潮，有结尾，有尾声，荒诞滑稽，煞是热闹好看。笔者是借暑期彻底读完《古炉》——当时恰巧在妻子故乡商州度假，隔壁住的一位朋友居然就叫'霸槽'——熬过前二百页之后，读到最后手不释卷，一口气读完。一方面或许是第一次在商州读商州，体验尤为不同；更重要的是，小说二百页之后，我们所熟悉的'故事'出现

121

了："关乎'文革'的意识形态叙述模式，隐隐浮现在'鸡零狗碎'的生活背后，日子不再'泼烦'，变得紧张甚或残酷。"[1]

黄平的阅读感觉应该说是非常真确的。除了对于他把后四个部分的《古炉》干脆就比作通俗小说不大赞同之外，其他的我都深表认同。我们发现，到了"夏部"开场之后，《古炉》的叙事不知不觉中发生了明显的变化。一方面，作家的笔墨更加集中，另一方面，叙事的节奏也明显加快，小说本身的艺术张力愈发增强。细究自"夏部"开始的《古炉》此后的四个部分，就不难体察到，在剩下的大约三分之二篇幅中，贾平凹其实是按照两条时有交叉的结构线索展开小说叙事的。这两条结构线索，一条是以夜霸槽为首的榔头队与以天布、磨子他们为首的红大刀队之间的争斗冲突，另一条则是狗尿苔、蚕婆以及善人他们这一些"神界"人物在"文革"苦境中的救赎行为。关于狗尿苔他们的这条线索，因为我们在"人物形象论"部分已有相应的深入分析，故此处从略，重点放在对榔头队与红大刀队之间的冲突这条线索的梳理上。先是夜霸槽他们一伙人在黄生生的鼓动下，以破四旧的方式在古炉村乱砸乱打。此举的发生，标志着"文革"在古炉村的正式开始。面对着霸槽一伙的越轨行为，古炉村民一片哑然："霸槽他们在古炉村里破四旧，竟然没有谁出来反对。道理似乎明摆着：如果霸槽是偷偷摸摸干，那就是他个人行为，在破坏，但霸槽明火执仗地砸烧东西，没有来头他能这样吗？既然有来头，依照以往的经验，这是另一个运动又来了，凡是运动一来，你就要眼儿亮着，顺着走，否则就得倒霉了，这如同大风来了所有的草木都得匍匐，冬天了你能不穿棉衣吗？"古炉村人对于霸槽行为的噤声反应，充分说明自打土改起始，经

---

[1] 黄平《破碎如瓷：〈古炉〉与"文革"，或文学与历史》，载《东吴学术》2012 年第 1 期。

过将近二十年一连串政治运动的历练之后，古炉村曾经的那样一种宗法传统已经受到了相当严重的摧残。唯其受到了严重的摧残，因此，面对着霸槽一伙明目张胆的破坏行为，才无人敢出来稍加制止。当然，这里面其实也还存在着一种明哲保身的国民性问题。尽管说霸槽他们的造反行为也曾经一度受阻，他和黄生生曾经一度被迫离开过古炉村，但他们却很快地就卷土重来了。重返古炉村的霸槽已经学会了怎么样拉大旗作虎皮，知道了组织的力量，不再散兵游勇。因为县里边有联指，所以霸槽就成立了古炉村的联指："霸槽是古炉村联指的发起人，而水皮也就成了参加古炉村联指的第一人。""霸槽先是满意着古炉村联指的名称，后又要起更新鲜更响亮的名字，因为公路上常有串联的人打着红铁拳，金箍棒，刺刀见红一类造反兵团名称的旗子，他为起不到一个好的名字苦思冥想。……砸天布家照壁上的砖雕最后是用撅头和铁锤砸的，木榔头并没派上用场，但去了那么多人，每人扛着一个木榔头，霸槽就在那时灵思一动，便将古炉村联指改名为古炉村红色榔头战斗队。"霸槽的榔头队确实影响极大，以至于到了"夏部"结束的时候，"村人知道古炉村再不是以前的古炉村了，更多的人就来加入榔头队。"

　　然而，正所谓一个巴掌拍不响，仅仅有霸槽榔头队的折腾还并不足以在古炉村掀起更大的波澜。我想，大家一定不能无视古炉村朱夜两姓的长期纠葛，得注意到霸槽姓夜这个事实的存在。因为，到了紧接着的"秋部"中，古炉村潜在的家族矛盾就开始介入到"文革"之中。既然夜霸槽成立了榔头队，既然参加榔头队的大多是姓夜的，姓朱的当然也就要有所行动了。"天布就说：姓朱的都是正经人么，扳指头数数，榔头队的骨干分子都是些啥人？……不是我说哩，都是些没成色的货！"于是，朱姓人家的专门造反组织也就呼之欲出了："屋子里，天布、磨子和

123

灶火已经给他们的组织起了名字，叫红大刀。……再说，榔头再厉害那还是木头，大刀就是铁，铁是金，金克木，大刀砍榔头。再是组织的人员，他们决定要以姓朱为主，都是堂堂正正的人，以区别榔头队歪瓜裂枣。"这样，小小的古炉村就出现了两个造反派组织："古炉村有了两派，两派都说是革命的，造反的，是毛主席的红卫兵，又都在较劲，相互攻击，像两个手腕子在扳。"既然古炉村出现了两个造反派组织，那么，在展示古炉村日常生活景象的同时，倾注更多的笔力描写榔头队与红大刀的"斗法"过程，自然就成为"秋部"的主要内容。先是榔头队，"把支书送进了洛镇学习班，霸槽和水皮、秃子金买回来了几十尊毛主席的石膏塑像，榔头队的成员差不多家里都可以供上一尊。榔头队当然要庆祝，就每人抱一尊，敲锣打鼓在村道上游行。"这下红大刀队可就急了："灶火说：咱每次都晚人家一步，你们当头儿的得想个法子呀，要这样下去，长人家志气，灭咱们威风，怎么发动群众，争取群众？"于是，红大刀队的天布他们就去镇上找公社的武干出主意。"武干就建议一定要把握住四个字：针锋相对。榔头队干什么，红大刀队就干什么，道高一尺，魔高一丈，只有处处压住了榔头队，红大刀队才能争取更多群众，立于不败之地，才有可能加重进入革命委员会名额的砝码。"请注意武干最后所一力强调的所谓进入革命委员会的问题。这个问题的提出，有力地揭示出所谓的"文革"表面上看起来大家都叫喊着要革命，要"斗私批修"，但实质上却依然是不同派别之间的权力争斗。说到底，还是一个"私"字在作祟呢！正是在这种权力欲强有力的推动之下，榔头队与红大刀之间的"斗法"日益加剧。双方都争抢着斗支书，查瓷货的账目。尤其具有乡村闹剧意味的是，对立双方围绕水皮、秃子金以及磨子几位的"斗法"。一次开批斗会，水皮领着大伙喊口号，喊急了，一不小心喊成了

124

"拥护刘少奇，打倒毛主席"。因此而被看作现行反革命，一场批斗牛鬼蛇神的会议马上转向，变成了批斗水皮的会议。又一次，榔头队的秃子金在他家的猪圈里抱着猪说了几句"万寿无疆"。在那个特殊年代，只有毛主席才可以"万寿无疆"，于是，这就成为了秃子金恶毒攻击毛主席的罪证。眼看着秃子金就要重蹈水皮的覆辙，幸好又有人发现红大刀队的磨子在厕所里一边捉着鸡巴解手一边说"毛主席万岁"。如果说秃子金的行为是恶攻的话，那么，磨子的行为也同样属于恶攻。双方就此罢手摆平，才使得秃子金与磨子避免了如同水皮一样的不幸遭际。必须注意到，贾平凹在这里非常巧妙地把"文革"与乡村世界中的日常生活场景编织糅合在了一起。关键的问题在于，在这一次又一次的冲突争斗过程中，榔头队与红大刀队之间的对立越来越剑拔弩张了：榔头队和红大刀队越来越紧张，几次就为口舌差点要动手。再出工时只要这一派在地这头干活，那一派必然就到地的另一头干活，甚至去泉里担水，这派的人看见那派的人在泉里，就远远站着不动，直等到那派的人担水走了，这派人才去泉里，恨不得把泉分成两半，各担各的。"一个村里生活了多年的村民，相互之间的关系恶化到此种地步，距离大规模的武斗也就不远了。而武斗，正是小说紧接着的"冬部"所要描写表现的主要内容。

某种意义上说，小说的第五部分"冬部"可以被看作是《古炉》的高潮。榔头队与红大刀队之间的关系日渐恶化，尽管说在这期间，善人与狗尿苔他们曾经以"我不入地狱，谁入地狱"的自我牺牲精神，放出蜜蜂，成功地化解过两个造反组织之间一场眼看着就要流血冲突，但他们的努力终归还是治标不治本。就在这场未遂的冲突之后，曾经一度占有优势的榔头队被困在了山上无法下山，把守住了上山路口的红大刀队一时占据了上风。"天布就在路口给看守人下了命令：凡是从窑场回来的

125

人，当场能加入红大刀的就让进村，不加入的就不让进村，而霸槽，秃子金，迷糊，跟后，开石等榔头队的骨干，一露头就打。"然而，红大刀所拥有的优势却是很短暂的，很快地，榔头队就从邻村下河湾村搬来了同样属于联指的金箍棒造反队作为自己的救兵。金箍棒一介入，古炉村"文革"中最残酷最惨烈的武斗就此正式拉开帷幕。"红大刀人和金箍棒以及镇上联指人开始拉锯，一会儿红大刀人冲出了村道，金箍棒和镇联指人就退到石狮子那儿，一会儿金箍棒和镇联指人又冲过来，红大刀人稀里哗啦再撤回来。雪越下越大，雪已经不是麦粒子了，成了雪片，再起了风，雪片子就旋着在村道里卷，然后像是拧成了无数条的鞭子，在两边的院门上，屋墙上使劲抽打。"这里需要引起我们注意的，是贾平凹那特别传神的关于雪花的描写。作家笔下的景物描写往往不会仅仅是单纯的景物描写，其中的象征意味不容忽略。此处关于雪片子"拧成了无数条的鞭子，在两边的院门上，屋墙上使劲抽打"的描写，作家显然是要借此而说明古炉村残酷的武斗行为已经到了天怒人怨的地步。应该注意到，在这个部分，贾平凹干脆就是在以一种自然主义的方式如实地展示着古炉村简直令人惨不忍睹的武斗状况。比如这样一段："披了被子刚出庙门，迷糊挥着那根没了榔头疙瘩的木棍已经从坡路上跑了下来，明堂去拿那木板刻成的刀，三把木刀架着还支在火堆后边，一时拿不及，就从地上抄起个铁锹，大声说，你不要过来，过来我就拍你！迷糊说：你拍呀，拍呀！木棍就打了过来。那木棍用力太猛，半空里将雪打成了一股，喷在明堂脸上，明堂眼一眨，觉得木棍过来，忽一闪，迷糊扑了个空，差点跌倒，明堂拿锹就拍，拍在了迷糊的屁股上。狗日的迷糊有挨头，竟然还不倒，再要拍，迷糊已转过身，双手举了木棍挡住了铁锹，咣的一声，两人手都麻了，咬着手撑着。"对于小说创作有所了解体会的朋友都知道，形象传神的场面描写本就是对于作家艺术表现能力的极大考验，尤其是类似于《古炉》中的这种打斗场面，表现难度更大。即以引述的这一段来说，人物打斗动作的前后连贯性，动词的恰当选择和运用，打斗时人物心态的把捉与描摹，打斗氛围的精心营造，都活灵活现地给我们留下了深刻的印象。在"冬部"这一部分，贾平凹能够持续不断地把古炉村两大派之间的殊死武斗场面呈示在读者面前，确属难能可贵。

然而，与精彩绝伦的场面描写相比较，更应该引起我们深入思考的却是，武斗的场面描写背后作家对于特定情境下人性之恶的有力揭示。首先必须承认，这场武斗确实多多少少与古炉村人既往的积怨有关。比如"跟后一进灶火家见没人，把上房柜盖上先人牌位拿下来摔了，又把挂在墙上的一个装着相片的玻璃框子摘下来用脚踏，玻璃框里有灶火评为劳动模范被县委书记给戴花的照片。他见不得灶火被戴花的样子，当年原本是他要当模范的，但灶火的媳妇却告发他和老诚为自留地畔欺负过老诚，结果模范成了灶火，那不仅仅是当了模范县长要给戴花，还有奖励的三十斤粮哩。"于是，跟后便要如此这般残忍地报复："灶火的媳妇张着嘴，还是说不出话，跟后说：你不说了，那我看你还有舌头没?!就用手扯灶火媳妇的嘴，扯得嘴角都流血了，灶火的媳妇猛地叫出了声。"如果说麻子黑捅伤磨子某种意义上说还情有可原，因为他们之间其实是你死我活的杀叔之仇。麻子黑因为毒杀了磨子的叔叔欢喜而被捕，可以说早已经是死路一条。武斗中，磨子之所以四处寻找麻子黑，正是要报杀叔之仇，但没想到的是，自己反而被心狠手辣的麻子黑捅了一刀。那么，跟后呢？仅仅因为一次模范的评选，仅仅因为灶火媳妇曾经坏过自己的好事，于是，"就用手扯灶火媳妇的嘴，扯得嘴角都流血了"。人

127

性之恶，在跟后的举动中得到了淋漓尽致的凸显。然而，更令人无法接受的，是参与武斗的大多数朱姓、夜姓的人们，其实平时并无什么恩怨纠葛，一旦进入"武斗"之特定的"场"，就仿佛着了魔似的，被一种类似于物理学意义上的"场"效应给左右了，一种简直就是无缘无故的人性恶由此而被有力地揭示出来。"本是同根生，相煎何太急"。在一个村庄里祖祖辈辈生活了多少年的乡邻，某种意义上也完全可以说"本是同根生"，尽管日常生活中肯定难免会有磕磕碰碰，但是，如果因此就"相煎何太急"，因此在武斗中干脆就你死我活起来，其所暴露出的，自然也就只能是人性深处所潜隐着的原始之恶了。

128　　一场惨烈的武斗下来，红大刀溃不成军，"古炉村成了榔头队的古炉村"。我们且来看由水皮整理的相关记载："水皮又是榔头队的文书，活跃了，重新记录古炉村'文化大革命'大事记。他清点着这一次武斗，是红大刀被完全摧毁，头儿天布和灶火外逃，伤了十三人。榔头队伤了十五人。金箍棒和镇联指死了一人，伤了十六人。另外，来回疯了。还有的是什么组织都没参加的群众，被石头瓦块误伤的，或因别的原因受伤的，一共七人。这其中包括善人，……当然还有朱大柜，……至于损坏了多少房子、家具、麦草、树木，死了伤了多少牛、猪、狗、猫、鸡，那都是小事，懒得去计算。"这还只是表面上看得到的死伤，更为关键的是，在这个过程中，人心、人性所受到的那种无形的伤害。唯其如此，贾平凹才会特别地插入这样一种意味深长的环境以及狼群描写："这个夜里，风差不多是住了，没有了像鞭子的抽打声，也没有嗖嗖的哨音声，而雪继续在下，悄然无声，积落得有四五指厚了。古炉村从来没有过这样的安静，狗不出去，猪在圈里，所有人都关了院门在家。而狼群确实又一次经过，那是一支十四只狼的狼群，它们是三个家族的成员，其中最大的那个家族的老狼生了一秋天的疮，死在了屹岬岭的山洞，所有的狼去追悼，在山洞里嚎叫了一通，然后默默地出来，经过古炉村往北岭去。狼群根本不知道古炉村在白天里发生了一场武斗，路过后洼地没有看到有人呼喊，连狗也没有叫，就觉得奇怪。但是，这一支狼群没有进村，它们太悲伤了，没胃口进村去抢食，也没兴致去看村人如何惊慌，只是把脚印故意深深地留在雪地上，表示着它们的来过。"风住了，雪花悄然无声。老子说："天地不仁，以万物为刍狗"，但是，到了贾平凹的笔端，却仿佛天地自然都知道了一场大浩劫的发生，都在以这种沉默无语的方式来哀悼人类生命的无端死伤呢。当然，更加值得注意的，恐怕还是贾平凹关于狼群的描写。都说狼是最凶残最狠毒的一种动物，但狼却也很有些"狼"情味的。狼都没有自相残杀，狼都知道物伤其类，狼都知道自己的同类生命终结之后要去哀悼一番。在这里，狼的有情有义情味十足，与人的凶残狠毒寡情无义自相残杀，形成了极其鲜明的对照。有了这种对照，贾平凹对古炉村武斗那样一种否定批判立场与悲悯情怀自然也就凸显无疑了。

　　古炉村一场残酷的武斗就这样结束了，最后的结果是解放军介入，到小说的最后一部分"春部"，策划并积极参加武斗几个造反派头头，包括夜霸槽、天布、麻子黑以及守灯都被处以极刑。历史的悲剧，最终只能落脚体现为生命个体的悲剧。通过以上的一番梳理，就不难发现，到了小说的后三分之二部分，当贾平凹的小说叙事由前面的块状叙事转换为后面的条状叙事之后，笔力一下子就集中起来了。就此而言，黄平关于《古炉》"在'反故事'的同时，又有鲜明的'故事性'"这样一种论断，还真是能够站得住脚的。貌似没有故事，貌似一地碎片，实际上却处处都是故事。一个作家的小说叙事能够把"故事性"与"反故事"这样两种针锋相对的东西整合在一起，能够抵达这样一种带有悖论或者吊诡色彩的艺术境地，确实应该得到我们的充分肯定。

就这样，先后经过了"冬""春""夏""秋""冬""春"六个部分，贾平凹终于如愿完成了他的古炉"文革"叙事。如此一种安排，显然暗合着四季循环的节律。那么，贾平凹为什么要采取这样的一种四季循环模式呢？直接的原因，当然在于贾平凹所讲述的是乡村世界的故事。由于农时变化的缘故，四季循环与乡村农人们的生活实在有着太过重要的联系。但在直接的原因之外，更重要的恐怕还是与中国的传统文化观念有关。这一点，最突出地体现在中西方不同的纪年方式上。西方的纪年方式也就是我们通行的公元纪年方式，受到基督教的影响，以耶稣诞生的那一年作为公元元年，不断累计叠加，一直延续至今，延续至我们写作的 2012 年。而古老的中国，在接受公元纪年方式之前，一直采用天干地支的纪年方式。按照此种纪年方式，六十年一个轮回周期，如此循环往复不已。由此可见，西方的纪年方式，差不多是一条无限向前延伸的直线，以至于你很难想象，这样的一种时间直线会有终止的一天。而中国传统的纪年方式，则仿佛永远在不停地循环转圈，就这么兜了一圈又一圈。很显然，中国传统的此种纪年方式，在很大程度上影响着中国人基本的人生观与世界观。以一种循环或者轮回的方式思考看待人生，构成了中国文化的基本特征之一。中国的四大名著，无论"红楼""水浒"，还是"三国""西游"，只要认真地辨析一下，就都不难在作家的观念深层感觉到这种循环认识的切实存在。贾平凹之所以在《古炉》中采用四季循环的结构模式，其深层原因显然在此。

在行将结束我们关于《古炉》叙事结构的分析之前，有一个问题需要提出来进行特别讨论。这就是黄平发现的小说中的事件发生与历史上真实事件的发生时间不一致的问题。请看小说封底折页上的介绍："故事发生在陕西一个名为'古炉'的村子里，这里贫穷闭塞却山水清明，村人们保有着传统的烧瓷技术和浓郁的民风古韵，仿佛几百年来从未被扰乱过。但动荡却从 1965 年冬天开始了，古炉村里的几乎所有人，在各种因素的催化下，各怀不同的心腹事，集体投入到了一场声势浩大的运动之中。直到 1967 年春，这个山水清明的宁静村落，演变成一个充满猜忌、对抗、大打出手的人文精神的废墟。"据此，《古炉》所讲述的故事包括武斗在内，应该都发生在 1965 年冬天到 1967 年春天这一年半的时间之内。但真实的历史状况却并非如此。"回到现实中的'文革'，'五·一六通知'标志着'文化大革命'的发动；第一个红卫兵组织于 1966 年 5 月 29 日成立；《红旗》社论《无产阶级文化大革命万岁！》发表于 1966 年 6 月 8 日；毛主席第一次接见红卫兵是在 1966 年 8 月 18 日。以上是'文革'的基本史实，洛镇、古炉村的'春天'，绝无可能提前发生这一切；更不必说这类闭塞的村镇，在革命传播上难免后知后觉。"[1]黄平的分析推断，当然是有道理的。这样，也就出现了一个小说叙事时间与真实历史时间不一致或者说错位的问题。如此一种情形的出现，是贾平凹一种无意间的笔误，还是作家出于某种艺术意图的故意为之？对此我们一无所知。即使从贾平凹处得到解释，其可信度恐怕也值得怀疑。现在，一个不容回避的问题是，我们到底应该怎样理解看待这种错位现象。关键的问题在于，小说从本质上看是一种虚构的艺术，而且，贾平凹的《古炉》也并不是一部纪实性的小说。小说之允许虚构，就意味着小说创作不必完全拘泥于历史的真实。这里，并不是说以表现历史为根本追求的小说就可以不顾

[1] 黄平《破碎如瓷:〈古炉〉与"文革"，或文学与历史》，载《东吴学术》2012 年第 1 期。

131

及历史真实，而是说，为了达到更加本质化地透视表现历史真实的目的，作家完全可以从自己的创作意图出发，对历史材料做适当的调整和移位。在这一方面，最恰当不过的例证，恐怕就是一向被认为在表现历史真实时"七实三虚"的《三国演义》。所谓"七实三虚"，是章学诚对于《三国演义》的一种评价，更有甚者，干脆还有人认为《三国演义》其实是"三实七虚"。实际上，无论是"七实三虚"，还是"三实七虚"，一个关键的问题在于，作为一部历史长篇小说，《三国演义》确实存在着很多与史实不相符之处。如果说这些历史硬伤的存在都没有妨害影响《三国演义》文学史地位的话，那么，贾平凹《古炉》把"文革"中毛主席接见红卫兵的时间较之于历史的真实时间有所提前，自然也就可以理解了。这里，一个重要问题，就是历史与文学的关系问题，作为一部文学作品，究竟应该对于历史亦步亦趋，还是应该对于历史有所超越，应该以自我的艺术表现为主，对于历史有所僭越有所冒犯，确实不只是贾平凹，而且也是我们这些文学研究者不容回避而且必须认真思考回答的一个重要问题。

第八章：象征手法及其他

*

　　某种意义上说，无论是古代的还是现代的文学创作，都离不开象征的存在。极端一点说，离开了象征，可能也就不存在什么文学了。仅就小说作品而言，我们发现，越是优秀的文本，就越是拥有一种本体世界之外的象征世界。那么，对于这样一种普遍被运用的象征，到底该做怎样的一种理解呢？"根据该术语在不同学科中的用法，又译为'符号'、（宗教的）'信条'等。雷纳·韦勒克说：'它不断地出现在迥然不同的学科中，因此，用法也迥然不同。它是一个逻辑学术语、数学术语，也是一个语义学、符号学和认识论的术语，它还长期使用在神学世界里、使用在礼拜仪式中，使用在美术中，使用在诗歌里。在上述所有的领域中，它们共同的取义部分也许就是"某一事物代表、表示别的事物"，但希腊语的动词的意思是"拼凑、比较"，因而就产生了在符号及其所代表的事物之间进行类比的原意。'用于文学批评中，'这一术语较为恰当的含义应该是，甲事物暗示了乙事物，但甲事物本身作为一种表现手段，也要求给予充分的注意。'除了一部分公共象征或传统象征而外，一般来说，象征具有暗示性、多义性、不确定性等特征，这也是浪漫主义和象征主义诗人尤其看重象征的原因之一""罗兰·巴特还从符号学的角度发挥道，在象征一词广为流传的时期，'象征具有一种神话的魅力，即所谓"丰富性"的魅力：象征是丰富的，为此人们不能把它归结为一种"简单的符号"；形式经常由于强有力的和变动的内容而被超出其中的限度；因为，实际上对于象征意识来说，象征更多地是一种参与的（情感）工具，而不是一种传递的（编码）形式'。'象征意识内含有一种深度的想象，它把世界看作某种表层的形式与某种形形色色的、大量的、强有力的深层蕴含之间的关系，而形象则笼罩着一种十分旺盛的生机：形式与内容的关系不断地被时间（历史）重新提到议事日程上来，表层结构中充斥着深层结构，而人们却永远无法把握结构本身。'（《符号的想象》）"[1]韦勒克与罗兰·巴特均属现代西方批评界的代表性人物，他们关于文学象征的界定分析，有着相当合理性。之所以引述他们对于文学象征的论述，乃是因为我们很大程度上正是在他们所论述的意义层面上使用"象征"这一术语的。

一说到象征手法在小说中的运用，我首先想起的就是曹雪芹那部空前绝后的《红楼梦》。尽管从概念的意义上说，曹雪芹根本就不知道象征为何物，但这却并不妨碍他在《红楼梦》的创作中熟练地运用象征艺术手法。某种意义上，《红楼梦》艺术上的伟大，主要体现在两个层面：一个层面是"日常叙事"，也就是曹雪芹对于以贾府为中心的一个现实生活世界真实细腻的悉心描摹。通常，我们会把这样的一种描写称之为对于一个形而下世界的真切展示。关于这一点，我们曾经在"日常叙事"一部分展开过详尽的讨论，

---

[1] 王先霈、王又平主编《文学理论批评术语汇释》第289—290页，第362页，高等教育出版社，2006年5月版。

此处不赘。另一个层面，则是小说中关于现实生活之外的那个超现实世界的描写，比如，关于女娲补天所遗漏下的那块自怨自叹"无才可去补苍天"的顽石的描写，关于那块顽石贪恋人世繁华幻化成人最后变身为贾宝玉的描写，关于灵河岸边那棵"绛珠仙草"与"神瑛侍者"同样幻化成林黛玉与贾宝玉以及二者之间浇水和还泪故事的描写，关于太虚幻境与警幻仙姑的描写，还有那总是缥缈而来缥缈而去的一僧一道，所有的这些，都属于曹雪芹对于一个超现实世界的描写与展示。假若说"日常叙事"是对于一个形而下世界的真切展示，那么，这一部分关于超现实世界的描写就可以被看作是曹雪芹对于人生、世界所进行的一种格外深刻透辟的形而上思考。我们注意到，关于《红楼梦》中超现实世界的描写，王蒙曾经有过精辟的分析："我觉得《红楼梦》一个有意思的现象是它涉及了宇宙和生命的发生学，即宇宙和生命到底是怎么发生的？它讲到了大荒山、青埂峰、无稽崖，讲到了太虚幻境，讲到了石头的故事，讲到了神瑛侍者和绛珠仙草。用现在的一个时髦的说法就是它充满了一种对人生的'终极关怀'。所谓从何处来、到何处去的问题。过去我们囿于现实主义的要求，有一种说法就是承认写实的描写如何之好……而它的遗憾之处是有一些神神鬼鬼和荒诞不经的东西。但请想一下如果《红楼梦》没有太虚幻境、没有一僧一道、没有大荒山青埂峰无稽崖，还能有它今天的效果吗？"[1] 在这里，虽然说王蒙并没有使用形而上的说法，但他事实上却已经精辟地指出了曹雪芹的形而上描写与思考对于《红楼梦》这部旷世杰作的重要性。很显然，只有把曹雪芹关于现实生活的形而下描写与他一种超现实

---

[1] 王蒙《〈红楼梦〉的研究方法》，见《王蒙文存》第18卷第311页，人民文学出版社，2003年9月版。

的形而上思考有机地结合起来，才真正地构成了一个完整的艺术世界。按照我的理解，我们此处所分析的曹雪芹《红楼梦》中的形而上描写，用现代的文学批评术语来表达，实际上也就相当于上面所提及的文学象征。这样看来，曹雪芹确实对象征手法有着纯熟的运用。

在我看来，贾平凹的《古炉》同样是一部对于象征手法有着成功运用的长篇小说。这一点，在小说一开始，就已经表现得非常突出了。为了帮助我们更好地理解《古炉》开头的象征寓意，这里先来简单讨论一下曹雪芹《红楼梦》的开头方式。按照台湾学者蒋勋的看法，《红楼梦》实际上有两个开头，一个开头就是那个"无才可去补苍天"的关于顽石的神话故事，另一个则是第五回、第六回有关太虚幻境的故事。前者自然毫无疑义，而后者，蒋勋有专门的说法："读过《红楼梦》的人都知道，此书最关键的章节是第五回和第六回。第五回其实是这部近百万字的小说的真正开头。在小说开始时，贾宝玉做了一个梦，梦到一个叫作太虚幻境的地方，在那里他看到一个大柜子，柜子有很多抽屉。他一一打开抽屉，在每一个抽屉里都会看到一张画，旁边写有几句诗。那些诗，是他一生中碰到的女性的命运。""《红楼梦》这部小说结构特殊的地方，在于它把故事结局放到前面来写。""小说大结局全部在第五回，如果你想知道《红楼梦》中每一个人的命运，你就要不断回到第五回来看。"[1]如果用现代的文学批评术语来说，《红楼梦》的两个开头都充满着象征色彩，或者说鲜明地表现出了一种预叙的功能。关于预叙，里蒙·凯南说得很明白："倒叙是指在文本中讲述了后发生的事件之后叙述一个故事事件；可以说，叙述又返回

[1] 蒋勋《蒋勋说红楼梦》第一辑第 112—113 页，上海三联书店，2010 年 9 月版。

到故事中某一个过去的点上。与此相反，预叙是指在提及先发生的事件之前叙述一个故事事件；可以说，叙述提前进入了故事的未来。如果 a、b、c 三个事件在文本中是以 b、c、a 的时序出现，那么，事件 a 就是倒叙的；如果在文本中是以 c、a、b 的时序出现，那么事件 c 便是预叙的。"[1] 依照里蒙·凯南的界定，曹雪芹《红楼梦》开头对于预叙手法的运用就是确定无疑的。一句话，以象征的方式在小说一开头就把故事的结局暗示给读者，恐怕正是《红楼梦》开头的精妙所在。

　　然后，我们再来看贾平凹《古炉》的开头部分："狗尿苔怎么也不明白，他只是爬上柜盖要去墙上闻气味，木橛子上的油瓶竟然就掉了。""这可是青花瓷，一件老货呀！婆说她嫁到古炉村的时候，家里装豆油的就一直是这瓶子，这瓶子的成色是山上的窑场一百年都再烧不出来了。狗尿苔是放稳了方几的，在方几上又放着个小板凳，才刚刚爬上柜盖，墙上的木橛咔嚓就断了，眼看着瓶子掉下去，成了一堆瓷片。"人都说贾平凹的一大艺术特质是特别擅长于小说的细节描写，《古炉》一开头就突出体现了这一特点。一开头，就是狗尿苔不小心把家里边一件装豆油的陈年青花瓷瓶弄到地上给打碎了。从表面上看，贾平凹的如此一种小说开头绝对是写实的。但如果联系整部小说，悉心体会，我们就不难发现，其实，在充分写实的同时，这也是一个充满着象征意味的，甚至多少带有一点全息性的小说开头。如果说《红楼梦》的开头是纯然意义上的一种超现实象征描写，那么，《古炉》的开头就是兼容象征与写实的一种描写。我们所谓贾平凹对于小说传统一种转化中的创造，正突出地体现在这一点上。具体来说，所

139

[1] 王先霈、王又平主编《文学理论批评术语汇释》第 289—290 页，第 362 页，高等教育出版社，2006 年 5 月版。

谓象征，所谓全息性，就是说《古炉》的这个开头不仅隐含着小说主体故事的基本走向，而且也还包含有小说的最终结局。虽然只是字数不多的两个段落，但其中所蕴含的信息量却实在不小。首先是，狗尿苔作为小说中最主要的人物之一率先登场。然后，不仅告诉读者小说的故事发生在古炉村，而且更进一步地交代古炉村的特点就是有着相当悠久的烧瓷历史，以至于狗尿苔家的一件油瓶，居然也是一百年都再烧不出来的青花瓷。要想很好地理解《古炉》开头的象征寓意，我们就必须得联系小说封底贾平凹自己的一段话："在我的意思里，古炉就是中国的内涵在里头。'中国'这个词，以前在外国人眼里叫作'瓷'，与其说写这个古炉的村子，实际上想的是中国的事情，写中国的事情，因为'瓷'暗示的就是'中国'。而且把那个山叫作中山，也都是从中国这个角度进行思考的。写的是古炉，其实想的都是中国的情况。"[1] 到这里，我们也就彻底明白，贾平凹为什么一定要把古炉村设定为一个拥有悠久烧瓷历史的村庄了。既然《古炉》中的瓷可以被看作是中国的一种象征，那么，贾平凹一开始就让狗尿苔不小心把古老的青花瓷弄碎，自然也就有着深刻的象征寓意了。在这个意义上，我们就应该联想到小说中所描写的"文革"开始后造反派大砸窑场的情景。某种意义上说，一部《古炉》，所描写展示的，不就是小至古炉村大至国家民族在所谓史无前例的"文革"浩劫中被"打碎"的过程么？我们之所以认为小说的开头，具有全息性的功能，根本原因就在于它把小说所有的故事情节全部浓缩在了狗尿苔打破青花瓷这样一个看似微不足道的细节之中。然而，仅仅说贾平凹笔下这个以烧瓷而著称的古炉村在象征隐喻中国，肯定还是远远不够的。更为关键的一个问题在于，

---

[1] 贾平凹语，见《古炉》封底语，人民文学出版社，2011年1月版。

贾平凹借助于古炉村所要象征隐喻的究竟是什么？是什么在"文革"中最后被迫无奈地被打碎以至于如同那个青花瓷油瓶一样一地碎片？

具体说来，贾平凹《古炉》开头青花瓷被摔烂之后的一地碎片，所象征隐喻的或许正是在乡村世界曾经有过悠久历史传延的宗法制文化传统。宗法制一个非常重要的问题，就是特别看重人与人之间的血缘关系。关于中国宗法制长期存在的奥秘，曾经有学者进行过深入的描述研究："群体组织首先是以血缘群体为主，因为这是最自然的群体，不需要刻意组织，它是自然而然地集合成为群体。先是以母氏血缘为主，进入文明社会以来就是以父系血缘为主了。以父系血缘为主的家族，既是生产所依赖的，也是一种长幼有序的生活群体。它给人们组织更大的群体（氏族、部落直至国家）以启示。于是，这种家族制度便为统治者所取法，成为中国古代国家的组织原则，形成了中国数千年来家国同构的传统。""文明史前，人们按照血缘组织与恶劣的自然环境作斗争还好理解，为什么国家政权建立之后，统治者仍然保留甚至提倡宗法制度呢？这与古代中国统治者的专制欲望和经济发展有关。自先秦以后，中国是组织类型的社会，然而，它没有一竿子插到底。也就是说，这个社会没有从朝廷一直组织到个人，朝廷派官只派到县一级，县以下基本上是民间社会。因为组织社会的成本是很高的，也就是说要花许多钱，当时的经济发展的程度负担不了过高的成本。保留宗法制度，就是保留了民间自发的组织，而这种自发的组织又是与专制国家同构的，与专制国家不存在根本的冲突。而且占主流地位的意识形态——儒家思想，恰恰是宗法制度在意识形态层面的反映。"[1]

正因为宗法制在中国乡村世界曾经存在传延多年，所以自然也就

[1] 王学泰《游民文化与中国社会》（上）第29—30页，同心出版社，2007年7月版。

形成为一种超稳定的社会文化结构。尽管说发生于 19 世纪末 20 世纪初的现代性转型从根本上改变了中国社会的基本面貌，使传统中国变成为一个现代意义上的民族国家，但是，或许是因为城乡差异的缘故，如此一种强劲有力的现代性思潮却一直未能对于乡村世界的宗法制生存秩序造成根本性的撼动与改变。这一点，在《古炉》中同样有着鲜明的体现。尽管说自从土改开始，朱大柜就成了古炉村一言九鼎的村支书，但在他成功的乡村统治背后，家族力量的存在与支撑却是无法被忽略的一种重要因素。道理非常简单，设若没有了朱姓家族势力在古炉村的强势存在，单凭朱大柜的一人之力，面对着夜霸槽这样的挑衅者，要想巩固自己的地位，恐怕还是不大可能的。

142

　　需要看到的是，当下时代的中国乡村世界，带有强烈民间自治意味的宗法制社会传统实际上早已经荡然无存了。一个不容回避的问题是，如此一种已经进入超稳定状态的社会文化结构，在成功地抵制对抗所谓的现代性数十年之后，为什么到现在居然荡然无存了呢？究竟是什么样的原因导致了这一切的发生？从根本上说，真正摧毁了乡村世界中宗法制社会文化传统，恐怕正是以共产党为主导的自从土改之后一波未止更强劲的一波又至的政治运动。当然了，在一种宽泛的意义上，这些政治运动也可以被看作是现代性的一个有机组成部分，可以被称之为革命现代性。但是，普遍意义上的现代性与革命现代性毕竟有着很大的区别，其中一个重要方面，就是革命现代性的暴力性质。正因为如此，所以我们在这里才更愿意把二者剥离开来，直截了当地把革命现代性称之为政治运动。从这个角度来看，一部《古炉》展现在我们面前的，实际上也正是"文革"这样一种极端的政治运动如何蚕食摧毁乡村世界宗法制社

会的过程。这一点，在蚕婆、善人、朱大柜等几个主要人物身上都留下
了明显的痕迹。我们必须注意到蚕婆、善人在古炉村地位的尴尬性。从
民间宗法制社会的角度来说，蚕婆与善人无疑都属于德高望重的长者，
是乡村世界道德精神的立法者与维护者。尽管说他们在乡村里的尊崇地
位，经过土改以来历次政治运动的冲击之后，已经有了明显的削弱，但
是，正所谓瘦死的骆驼比马大，在古炉村人们的心目中，他们有时候依
然能够得到一定的尊重。无论是善人的不断给村人说病布道，还是蚕婆
在村里日常事务处理过程中的不可或缺，被人们称之为"婆"，都充分
地说明了这一点。但在另一方面，从政治运动的角度来说，由于蚕婆是
"伪军属"，善人是被迫还俗的僧人，因此他们必然地要被划入另册，要
作为"阶级敌人"受到批斗和冲击。很显然，正是在类似的政治运动
一次又一次的冲击过程中，蚕婆与善人过去被尊崇的地位逐渐瓦解。他
们地位的被瓦解，实际上也就意味着宗法制社会文化传统必然的烟消云
散。《古炉》中的朱大柜，其身份带有双重意味。一方面，他是古炉的村
支书，是历次政治运动的推动和执行者，另一方面，他又是朱氏家族的
利益代表者，尽管没有族长的明确身份，但事实上却承担履行着族长的
职责。虽然说在小说文本中，双重身份既有合一的时候，也有发生尖锐
冲突的时候，但最终的结果却是政治身份对宗族身份的淹没和取代。如
此一种结果，所说明的，依然是宗法制社会文化传统无可奈何的被摧毁。
对于乡村世界宗法制文化传统的被摧毁，孙郁曾经进行过精辟的分析：
"若说《古炉》与《阿Q正传》有什么可互证的篇幅，那就是都写到了乡
下人荒凉心灵下的造反。这造反都是现代的、自上而下的选择。百姓不
过是被动地卷入其间。贾平凹笔下的霸槽与鲁迅作品的阿Q，震动了乡

143

村的现实。当年鲁迅写阿Q，不过展示奴才的卑怯，而贾平凹在古炉村显现的'文革'，则比阿Q的摧毁力大矣，真真是寇盗的洗劫。乡间文化因之蒙羞，往昔残存的一点灵光也一点点消失了。这里有对乡下古风流失的痛心疾首，看似热闹的地方却有泪光的闪现。中国乡土本来有一种心理制衡的文明形态，元代以后，战乱中尽毁于火海，到了民国，那只是微光一现了。《阿Q正传》里的土谷祠、尼姑庵与《古炉》里的窑神庙、窑场，乃乡土的精神湿地，可是在变动的时代已不复温润之调。到了60年代末，只剩下了蛮荒之所。中国的悲哀在于，流行文化中主奴的因素增多，乡野的野性的文明向不得发达，精神之维日趋荒凉了。但那一点点慰藉百姓的古风也在'文革'里毁于内讧，其状惨不忍睹。中国已经没有真正意义的民间，确乎不是耸人听闻。从鲁迅到贾平凹，已深味其间的苦态。"[1]很显然，孙郁这里所谈论的"古风""民间"云云，正与我们所强调的宗法制社会文化传统其义相同。因此，说到《古炉》开头处狗尿苔摔破那件青花瓷的具体象征寓意，恐怕就只会是孙郁所一再申说的"古风"与"民间"，只可能是我们所强调的宗法制社会文化传统。

一个无法回避的重要问题是，面对贾平凹《古炉》中如此一种对古老的宗法制大唱文化挽歌的精神价值立场，我们到底该做出怎样一种合理评价的问题。在这方面，一种有代表性的看法来自于黄平。"退回到民国之前，崇尚道德的善人，依奉乡规的蚕婆，懵懵懂懂的不识字的村民，小国寡民，安贫乐道，恪守阴阳五行，礼俗人心。这是否也是'乌托邦'？""比较而言，《秦

[1]孙郁《从"未庄"到"古炉村"》，载《读书》2011年6期。

腔》召唤出的自我阉割了的引生，《古炉》召唤出的十二岁的孩子狗尿
苔，他们身上都有一个悖论般的特征：早熟，又无法发育。这恰是贾平
凹念兹在兹的传统道德在现代社会的倒影，贾平凹小说中的'孩子'——
狗尿苔之外，更典型的是《高老庄》里的石头——既幼稚，又苍老。"[1]
不难看出，黄平对于贾平凹包括《高老庄》《秦腔》《古炉》在内的一系
列长篇小说中表现出的认同肯定传统道德价值的精神取向，从根本上说，
是颇为怀疑的。其实，不只是黄平一位，据我所知，对于贾平凹的此种
精神价值立场持怀疑态度的，也还有其他一些批评家。比如，山东理工
大学的张艳梅教授，在与我的交谈争论中，就曾经多次表示过相类似的
观点立场。在他们看来，一种现代启蒙精神的匮乏，恐怕是贾平凹的致
命伤所在。首先应该承认，这些批评者的目光是敏锐的，某种意义上说，
思想精神层面上的"去启蒙化"，确实是贾平凹后来一批小说作品的共
同特点。就当下中国社会客观存在的思想混乱状况而言，强调现代启蒙
精神的传播，当然是一件现实针对性极强的事情，我不仅理解，而且也
完全赞同。但这样的一种现代启蒙精神，是否应该成为衡量评价小说创
作的一个必要标准，恐怕却是需要有所讨论的。我觉得，在一个多元宽
容的现代社会中，能够在自己的文学创作中有效地渗入并充分张扬现代
启蒙精神，比如像张承志、张炜、史铁生他们一样，固然难能可贵，但
是，如同贾平凹这样一种站在文化保守主义立场上，对于宗法制文化传
统，对于中国的传统道德持有肯定姿态的文学创作，似乎也并不应该予
以简单的否定。正是从这一点出
发，我才特别认同孙郁对于《古
炉》所作出的一种价值定位："应

[1] 黄平《破碎如瓷：《古炉》与"文革"，或文学与历
史》，载《东吴学术》2012年第1期。

该说，这是作者对于乡土文明丧失的一种诗意的拯救。鲁迅当年靠自己的呐喊独自歌咏，以生命的灿烂之躯对着荒凉，他自己就是一片绿洲。贾平凹不是斗士，他的绿洲是在自己与他者的对话里共同完成的。鲁迅在抉心自食里完成自我，贾平凹只有回到故土的神怪世界才伸展出自由。《古炉》还原了乡下革命的荒诞性，但念念不忘的是对失去灵魂的善意的寻找。近百年间，中国最缺失的是心性之学的训练，那些自塑己心的道德操守统统丧失了。马一浮当年就深感心性失落的可怖，强调内省的温情的训练。但流行的思潮后来与游民的破坏汇为潮流，中国的乡村不复有田园与牧歌了。革命是百年间的一个主题，其势滚滚而来，不可阻挡，那自然有历史的必然。但革命后的乡村却不及先前有人性的温存，则无论如何是件可哀的事。后来的'文革'流于残酷的人性摧毁，是鲁迅也未曾料到的。《古炉》的杰出之处，乃写出了乡村的式微，革命如何涤荡了人性的绿地。在一个荒芜之所，贾平凹靠自己生命的温度，暖化了记忆的寒夜。"[1]现代启蒙精神的表现与传播诚然重要，难道说如同狗尿苔、蚕婆以及善人如此一脉对于传统道德价值的守护，这样一种乡村世界的自我救赎就不重要么？答案应该是否定的。

需要注意的是，不仅《古炉》的开头充满着象征寓意，小说的结尾方式同样也有着强烈的象征意味。具体来说，小说结尾处有两个细节格外耐人寻味。一个是霸槽、天布他们被处决后，村民们争抢着要用蒸馍蘸着脑浆吃（应该注意到，这是一件在现实生活中实实在在发生过的事情。在贾平凹的《我是农民》中，曾经写道："但我看见引生像兔子一样冲了出去，几乎是

---

[1] 孙郁《从"未庄"到"古炉村"》，载《读书》2011年6期。

和收尸人齐头并跑，他的手里拿着一个蒸馍，边跑边把蒸馍掰开来。旁边一个棣花人告诉我，引生得了一个土偏方，说是蒸馍夹人的脑浆吃了可以治疯病的……"[1] 另一个，则是杏开生下了霸槽的儿子，带着孩子来到刑场为霸槽送行："杏开怀里的孩子哇哇地哭，像猫叫春一样悲苦和凄凉，怎么哄也哄不住。"先来看后一个细节。霸槽与杏开并没有结婚，所以，这个孩子只能被看作是他们的一个私生子。霸槽死了，但他的根脉却通过一种血缘生育的方式而奇妙地延续了下来。某种意义上，霸槽与杏开之间的这场情缘可以被看作是一种孽缘，如是，这个孩子也就是一个孽子。那么，这会是一个什么样的孩子呢？按照善人充满寓意的遗言，这个孩子未来的成长过程中，将会在很大的程度上依赖于狗尿苔："狗尿苔说：很多人还得靠我？善人说：是得靠你，支书得靠你，杏开得靠你，杏开的儿子也得靠你。"既然如此，狗尿苔就多多少少有点霸槽儿子养父的意思了。一个是生父，是古炉村"文革"的始作俑者，是一颗极不安分的骚动不已的灵魂。另一个是养父，善良可爱，拥有一种常人所不具备的普度众生的悲悯情怀与菩萨心肠。未来成年之后的孩子到底会更像谁一些呢？会成为霸槽抑或还是狗尿苔的精神传承者呢？所有的这一切，都是未知数。贾平凹以这样一种开放性的方式来为《古炉》结尾，很显然比那种意义明确的结尾方式要更加意味深长，给读者留下了充分的思考空间。我们在叙事艺术的部分曾经提到小说"冬""春""夏""秋""冬""春"的一种结构方式带有明显的循环宿命的意味，那么，未来古炉村的生活可以有效地打破这种循环模式么？明确的答案当然不会有，我们只

[1] 《贾平凹文集——我是农民·老西安·西路上》第48页，陕西人民出版社，2008年10月版。

能寄希望霸槽的这个儿子能够成为狗尿苔的精神传承者。前一个细节，一下子就可以让我们联想起鲁迅小说《药》里面"人血馒头"的意象来，只不过提供人血（脑浆）的对象已经发生了根本的变化。《药》里面的夏瑜是一个一心致力于启蒙事业的革命者，而到了《古炉》当中，却成了霸槽、天布、麻子黑、守灯这样的"文革"造反派。正是面对着如此一种微妙的转换，让我们顿时感觉到了阐释的困难。从表层意义来看，这些民众之所以争抢着去蘸脑浆来吃，显然是要用所谓食补的方式来治病。但在一种深层隐喻的意义上，这些民众争抢着要蘸霸槽他们的脑浆，是试图成为他们的承继者么？是要承袭他们人性中某种恶的成分么？假若这样的分析能够成立，那么，贾平凹的精神姿态自然也就带有了如同鲁迅一样的批判和启蒙意图。难道说，贾平凹在《古炉》中一方面在强调传统道德精神的重要性，另一方面却也在宣扬一种现代启蒙精神么？不容忽视的问题还在于，这样两个层面的精神立场难道就不能够同时兼容并存么？显然，所有的这些都应该引起读者相应的深入思考。

除了小说的开头与结尾之外，《古炉》中象征手法的运用实际上还表现在其他很多地方。比如，狗尿苔总是能够闻到一种奇怪的气味。小说的开头处，狗尿苔之所以非得要踩着方几和凳子爬到柜盖上去，就是为了要闻墙上的气味。"已经是好些日子了，狗尿苔总是闻到一种气味。这是从来没有闻到过的气味，怪怪的，突然地飘来，有些像樟脑的，桃子腐败了的，鞋的，醋的，还有些像六六六粉的，呃，就这么混合着，说不清的味。这些气味是从哪儿来的，他到处寻找，但一直寻不着。"细读文本即不难发现，小说中曾经多次提及狗尿苔闻到特别气味这样一种细节。某种意义上，这个细节甚至还推动着故事情节的演进。那么，狗尿苔闻到的到底是一种什么样的气味呢？稍加留心，就不难发现，每当狗尿苔闻到这种特别气味的时候，古炉村就会有某种灾难降临或者发生："因为狗尿苔每每闻到了那种气味，村里就有些大大小小的事发生，这或许是碰巧了，也或许事过之后的牵强附会，而碰巧上几次了，又能牵强附会上。"对于狗尿苔的闻气味这一特异细节，或者干脆可以这样理解，古炉村因为"文革"而成为了"文革村"，"文革"不仅摧毁着乡村世界的宗法制文化传统，而且还造成了不少生命的消亡。在这个意义上，我们或许径直可以把狗尿苔闻到的气味看作是一种毁灭或者死亡的气息。

再比如，霸槽从牛圈棚里挖出来的那个太岁。本来，霸槽听了善人的话，想要在牛圈棚里挖出一块石碑来，没承想最后挖出来的却是一个肉疙瘩；"霸槽又是一撅头挖下去，挖出来一个盆子大一块软乎乎的东西，说：肉?! 狗尿苔说：地里能挖出肉？霸槽把那东西扔出坑了，果然是一块肉。……霸槽低头看了，是活的，是个动物，可动物都有鼻子眼睛嘴的，这动物没鼻子眼睛嘴，囫囵囵一个软肉疙瘩。"这怪物到底是个啥东西呢？一个过路的老汉揭开了谜底："老汉说：你还考我哩？太岁么! 太岁？霸槽的耳朵一下子竖起来，是听说过太岁，以为是个传说，原来还真有太岁，这就是太岁?!"在中国民间，太岁被认为是一种主凶的物事，正因为如此。所以才会有俗语所谓"不敢在太岁头上动土"的说法。霸槽从地下挖出太岁，恰好是在"文革"前夕。因此，对于小说中太岁的象征寓意，我们或许可以从两个方面来加以理解。首先一个寓意，就是因为在太岁头上动了土，所以就给古炉村带来了现实的灾难，那就是"文革"在古炉村的发生。其次一个寓意，就落脚到了挖出太岁的霸槽身上。民间话语体系中，往往会把一些凶恶的人物视为太岁。一方面，霸槽挖出了太岁，另一方面，霸槽又是古炉村"文革"的始作俑者。把以上两个方面联系在一起，霸槽之被看作太岁式的恶人，也就自在情理之中了。

当然，说到象征手法，不容忽略的肯定还有古炉村村人的病。某种意义上，正因为有了村人的病，也才有了善人的说病行为。这病，首先是实体的病："古炉村里许多人都得着怪病。秃子金的头发是一夜起来全秃了的，而且生出许多小红疮，……马勺娘一辈子心口疼，而马勺又是哮喘，见不得着凉，……来运的娘腰疼得直不起，手脚并用在地上爬了多年。六升的爹六十岁多一点就夹不住尿了，……跟后的爹是害鼓症死的，……黄芽她叔黄得像黄表纸贴了似的，……几乎上年纪的人都胃上有毛病，就连支书，也是在全村社员会上讲话，常常头要一侧，吐出一肚子酸水。"尤其值得注意的，是"文革"开始之后，那些造反派传染疥疮的描写："很快，榔头队的人知道红大刀的人身上痒，红大刀的人也知道了榔头队的人身上痒，迷糊说：这是革命病吧？开石说：红大刀算什么革命，保皇派！霸槽心里纳闷：这痒是他从七里岔带回来的，染给榔头队的骨干们是自然的，红大刀怎么也染上了？"确实，这病，最早是由霸槽先开始的，很快就蔓延到了整个榔头队与红大刀。原来以为是一种湿疹，后来才搞明白是疥疮顽症。迷糊关于"这是革命病"的说法，实际上很有道理，因为古炉村包括狗尿苔、蚕婆、善人以及朱大柜等在内的其他一些不属于造反派的人们，都没有患这种奇怪的病。非常明显，贾平凹之所以要在《古炉》中反复描写以上这些疾病的情况，肯定有着自己特定的象征寓意。对于这一点，有论者在引入了苏珊·桑塔格的疾病隐喻观点的前提下进行过相应的剖析："作者之所以如此设置和定位古炉村，显然是想设定一个疾病隐喻系统，以疾病来隐喻'文革'时期的中国全面陷入病态的疯狂。有意味的是，早在1978年，美国学者苏珊·桑塔格就在《作为疾病的隐喻》中注意到中国'文革'的'四人帮'已在中国政治话语里被隐喻为'中国的癌瘤'。时过境迁，贾平凹当然不会再延续那种把民族灾难都归咎于'四人帮'的老观点，在他的文本世界里，不是某一个人有病，而是整个古炉村的人都病了，他们得着种种有名或无名的病，疾病充斥了整个村庄，也贯穿着古炉村的'文革'进程。其中有些疾病显然被作者有意赋予了特殊的象征意蕴，如狗尿苔的鼻疾，他的鼻子经常能嗅到一种近乎死亡的气味，如果说狗尿苔的病是灾难即将到来的预言，那么他的祖母蚕婆的病就意味着试图超脱于尘世争斗的苦海。夜霸槽的痔疮则象征着'文革'是一场民族内火上升所导致的身体系统紊乱症。当然，小说中最大的一场流行疾病是疥疮，整个古炉村参与派系斗争的人几乎无一幸免，这场疥疮的流行类似一场瘟疫，古炉村好斗的男男女女身上奇痒无比，疥疮在他们的身体私处和面部蔓延，有的还因此而毙命。夜霸槽把疥疮暗中传染给了上级女性造反派头领马部长的情节，更隐喻着'文革'是一场民族—国家的政治传染病。病态的人、病态的村庄、病态的中国，这就是《古炉》的民族—国家疾病隐喻系统。"[1]

　　象征手法得心应手的运用，当然是贾平凹《古炉》艺术上的一大特色所在。但在象征手法的运用之外，小说一些特别富有艺术感的侧面描写，却也给读者留下了难忘的印象。比如，狗尿苔本来想偷偷地拔掉气门芯，好让这些人在霸槽

---

[1] 李遇春《作为历史修辞的"文革"叙事》，载《小说评论》2011年第3期。

那里掏钱打气，"但前崖颅还一直注意着他，他也没敢拔气门芯，便说：霸槽哥，你背背县志。""往常公路上有人到了木屋前，霸槽会热情介绍古炉村的情况的，说远在清朝这里可是山自麓至巅，皆为窑炉，村人燃火炼器，弥野皆明，每使春夜，远远眺之，荧荧然一鳌山也。"既然这部长篇小说的名字叫作"古炉"，那么，对于以烧瓷而著称的古炉村历史的介绍，就是必然的事情。然而，同样是介绍，方式却各有不同。与那种硬生生的直接介绍相比较，贾平凹这种在表现人物形象个性特质的同时顺带进行的介绍方式，明显就要自然许多，要艺术得多。再比如，"迷糊在屋里四下里瞅，三间上房，东西两头隔了小屋，东边是婆孙俩睡的炕，炕占了一半地方，炕头是木架子，架子上放着个白木头箱子，箱子里放着烂被破褥。炕前有个火盆架，冬天里生火取暖，夏天里火盆取了，中间的洞盖着板又是小矮桌子。墙角是个尿桶，尿还没有倒。从东边小屋出来，上房中间安着织布机子，墙角是三个瓮，放着烂棉花套子和谷糠。瓮上边的墙上一排木橛，挂着锄，杈，簸箕，筛子，圆笼，连枷和筛面的细箩，二细箩，粗箩。靠北墙一个板柜，装着粮食和衣物，柜盖上中间一个插屏，插屏玻璃上刻着梅兰竹菊，里面的纸上写着先考先妣字样的牌位。插屏上去，贴的是毛主席的画像，画像的一角脱了糨糊，用针箸扎着。"狗尿苔与蚕婆，是《古炉》中两个特别重要的人物形象，祖孙二人多年来一直相依为命苦苦熬煎。小说一开头率先登场的两个人物，就是狗尿苔和蚕婆。然而，这祖孙俩的生存状态究竟如何呢？贾平凹并没有急着予以交代，而是极有叙事耐心地一直等到小说的第二百一十六页，等到故事情节发展演进至大约三分之一篇幅的时候，才借"文革"初起时跑到狗尿苔家里抄家的迷糊的眼睛细细看出。不以直接的方式描写祖孙俩的生存环境，而是借助于迷糊的眼睛而巧妙看出，同时，也通过生存环境的描写折射表现祖孙俩艰难的生存状态，如此一种充满艺术感的表现方式，凸显出的正是贾平凹突出的艺术智慧。更何况作家如此一种细致的生存环境描写，从文学社会学的角度，也能够给后来的研究者提供着实可靠的研究资料。正如同我们可以通过曹雪芹《红楼梦》的描写，了解贵族世家当年那样一种钟鸣鼎食的生存境况一样，许多年之后，研究者要想理解 1960 年代中期中国西北部贫瘠乡村普通百姓的生存样态，贾平凹在《古炉》中如此细腻的一种艺术描写，显然就是不容忽视的。

153

　　此外，贾平凹表现人物之间对话的艺术能力着实了得。这一点，只要统计一下标点符号的使用，即可一目了然。某种意义上，可以说《古炉》中使用最多的标点符号之一就是冒号。表面上看起来是没有进行段落区分的大的叙事段落，如果你真的深入进去，就会发现，这些个段落差不多全部都是由人物之间的对话构成的。以对话的形式来推动故事情节的发展演进，可以说是《古炉》的一种艺术特质所在。更有一点不容忽略的是，贾平凹在很大程度上承继了中国本土小说传统不进行静态的心理描写，把人物的心理活动巧妙地融入到了对话的过程之中。比如这样一段："来的却是来声。院门一开，来声见是长宽，一时愣住，说：啊长宽！就在右口袋掏纸烟，掏出一个脏兮兮的手帕，装进去，又在右口袋里掏，掏出一把零票子钱。长宽说：掏啥呀？来声说：啊给你掏纸烟。长宽说：你知道我不吃烟。来声说：哦，没出工？长宽说：生产队今日没出工。"长宽没有想到进来的是来声，来声更没有想到开院门的会是长宽。来声本以为长宽上地出工了，所以才来找戴花幽会。没想到长宽居然没有去出工，于是，就一时手忙脚乱起来，一时不知道该怎样应对这个场面了。以至于，明明知道长宽不吃烟，但却左掏右掏地要掏纸烟给长宽吃。尤其令人叫绝的是，贾平凹两次描写来声掏右口袋的动作，原来以为贾平凹弄错了，后来细细揣摩，才发现作家就是要这么写的。只有这么写，才能够更加充分地把来声那样一种心慌意乱手足无措的状态表现出来。再比如，长宽要和来声一起去见支书，"来声支吾着不愿意去，戴花就从货筐里拿了锥子，说：要么吃了饭去？长宽说：吃啥饭？这大的事咱知道了能不及时给支书说?！两人就出了门，戴花倚在门框上说：不吃也好，馍不吃在笼子里放着哩！"来声之所以不想去支书家，是因为他很不容易见一次戴花的面，想和戴花亲热。但碍于长宽的存在，这一切都无法实现。于是，只能被迫无奈地和长宽一起去见支书。最难得的是，戴花那句一语双关的话。所谓"馍不吃在笼子里放着哩"，从表面上看起来确实是再日常不过的一种话语，但放置到当时那样特定的情境之中，它却变成了对于心情失落沮丧的来声最好的一种心理安慰。细读《古炉》，就不难发现，类似的叙事段落在小说中简直可以说比比皆是。贾平凹这部长篇小说的艺术成功，很显然与此存在着内在的紧密联系。

第九章："伟大的中国小说"？

✳

说实在话，在我对于贾平凹长篇小说《古炉》的阅读过程中，自始
至终都伴随着一种强烈的提心吊胆的感觉。之所以会提心吊胆，是因为
我对贾平凹的长篇小说创作抱有很高的期待值。虽然说，一个作家在其
漫长的长篇小说创作历程中，要想长时间地保持一个高的思想艺术水准，
是一件特别艰难的事情。虽然说，此前的贾平凹也已经为我们奉献出了
一系列优秀长篇小说，尤其是其中的《秦腔》与《废都》两部，更是已
经抵达了中国当代小说所能够企及的思想艺术高峰。但是，或许是出于
对贾平凹超人艺术天赋过于信赖的缘故，最起码在我自己，却仍然有一
种强烈的不满足的感觉，我仍然期待着贾平凹能够百尺竿头更进一步，
能够再次挑战自我，能够创作出较之于《秦腔》《废都》更为优秀杰出的
长篇小说来。正因为对于贾平凹抱有如此强烈的期待心理，所以，阅读
过程中有一颗心始终悬在半空中，就是自然而然的事情了。实际上，也
只有在读完《古炉》的最后一个字，轻轻地合拢书页之后，我的那颗始
终悬在半空中的心才终于落了地，我的审美直觉告诉自己，贾平凹一部
较之于《秦腔》《废都》更为杰出的长篇小说，终于就这样诞生了，就这

样成为了一种无法被否认的现实存在。

然而，笔者也注意到，贾平凹的《古炉》问世之后，在文学批评界引起了甚为强烈的反响，其中，虽然肯定性的看法占了大多数，但也出现过非常激烈的否定的声音。在这一方面，一篇有代表性的文章，就是郭洪雷的《给贾平凹先生的"大礼包"》[1]。这篇文章在认真细读文本的基础上，指出了《古炉》存在着以下几个方面的错讹之处。第一个方面是"人物丛杂，关系混乱"，然后，作者举了六个具体的例证。其中之一是"……狗尿苔没说出的理由还有：霸槽是贫下中农，人又长得体面。王善人曾经说过，你见了有些人，莫名其妙地，觉得亲切，……（第十二页）"，接着，作者分析道："小说中只有一个善人，叫郭伯轩。从作品后记可知，善人的原型之一是王凤仪，小说只有一次提到此人，（第二百三十四页）那时已是1966年夏。小说开始时，狗尿苔对善人那套不感兴趣，也听不懂，根本不可能知道有这位'王善人'，显然是作者自己弄混了，上文'王善人'应为'善人'之误。"第二个方面是"时空错乱"，作者列举了三个具体例证。其中之一是"这次调解曾得到洛镇公社张书记的表扬，张书记还带领着别的地方的村干部来古炉村学习经验。在张书记他们来之前，支书让石匠在村南口凿了个石狮子，石狮子很威风，嘴里还含着一个圆球。（第三十二页）"，然后，作者分析道："人民公社出现于1958年，如此才能称'洛镇公社张书记'，此事显然发生在1958年以后。然而，在后边的叙述中，支书声称石狮子是他土改时立下的，（第二百二十一页）婆也告诉狗尿苔，土改那年支书让人凿了石狮子放在了村口。（第二百四十九页）而在全国范围内，土改早在1953年已经完成，前后差了五年。"

[1] 郭洪雷《给贾平凹先生的"大礼包"》，载《文学报》2011年12月29日"新批评"专栏。

158

第三个方面是"叙述屡屡'穿帮'",作者列举了五个例证。其中之一是"我（善人）告诉她，对天说你的不是，说你怎么不体贴丈夫，这古炉村里，就数护院一年四季没穿过干净衣裳，那挽起裤子，膝盖上那么厚一层垢甲。她说她让护院洗哩，护院说那里是富垢甲，一洗就不富了。我说，那现在你家富了？别人家有盐吃哩，你家一个月吃淡饭了。（第五十一页）"，接着，作者进行了分析："这段文字是善人在给护院媳妇说病。然而作者忘了，就在此前不久，善人给护院说过病时小说却写道：'护院在村里算是家境好的，他家的院墙不是废匣钵砌的，清一色的砖，连灶房上的烟囱也不是裂了缝的陶瓷，是青砖。'（第三十页）没想时隔几日，护院家穷得连盐都吃不起了。"然后，郭洪雷专门强调："如果以上疏漏尚可原谅，《古炉》中还有一些错乱和'穿帮'则是不可原谅的。下面两例，给人的感觉作者是在刻意'穿帮'——在文本中埋设'地雷'，试探和考验读者、批评者的神经是否敏锐，是否有足够的耐心。"其中之一是"……狗尿苔把鸡抱在了怀里，说：夜凤，夜凤，你咋了吗？杏开说：你把鸡叫啥，鸡还有姓？狗尿苔说：我姓夜，它也黑，我就叫它夜凤凰。杏开说：哟，还是凤凰？烧窑的凤凰！（第四百七十九页）"，紧接着，作者就分析道："看到这里，读者肯定就懵过去了——连主人公姓氏都能'穿帮'呀？前文写过，村里两大姓，姓朱的和姓夜的，狗尿苔姓朱。（第二十一页）这样的'穿帮'真可谓'不分青红皂白'！"

159

首先应该承认，郭洪雷是一个难得的态度认真的读者，他在文章中所指出的以上问题，确确实实存在于贾平凹的《古炉》之中。然而，对于郭先生由此而得出的结论：《古炉》存在的问题不止这些，细节失真，毫无节制的仿拟和自我重复之类，笔者在这里不想多谈，倒是《古炉》面世后的诸多评论令人颇为感慨。现今批评界的现实是：像贾平凹这样的'大腕'一有作品出手，评者便蜂拥而上，'寻美'者众，'求疵'者寡；一时之间高言大词满天飞，让人打心眼儿里起腻"，我却是难以苟同的。一方面，我感到奇怪的是，既然郭先生在前面可以逐条逐条地举例说明《古炉》存在的问题，那他为什么要虎头蛇尾？为什么到了这里只是笼统地以一句"细节失真，毫无节制的仿拟和自我重复之类，笔者在这里不想多谈"就打发了呢？贾平凹在小说中到底是怎样"细节失真"，怎样"毫无节制的仿拟"，怎样"自我重复"，郭先生为什么就不能如同前面一样也来进行一番深入的实证分析呢？实际上，明眼人都知道，郭先生前面所提及的那些问题，当然是问题，我们无意于在此为贾平凹辩护，但从根本上说，这些问题却可以被看作是细枝末节的小问题，归根到底，是贾平凹在创作中时有疏忽，而出版社的编辑又没有认真细致地校对出来的问题。某种意义上说，这些问题在郭先生指出来之后，小说再版时作家一一修订过也就是了。如果仅仅揪住这些细枝末节的问题，就要从根本上否定贾平凹的《古炉》，就认为长达六十七万字的《古炉》就是千疮百孔的，这样的结论显然站不住脚。再有就是，如同贾平凹这样的"大腕"，作品出版之后，批评者就蜂拥而上，"'寻美'者众，'求疵'者寡"。关键的问题在于，实际的情况是不是如此呢？难道说真的是贾平凹的作品，只要一出，大家就会蜂拥而上，就会大加溢美之词么？据我的观察，真实的情形并非如此。迄今为止，贾平凹已经创作出版了多部长篇小说，仅进入新世纪以来，他也已经创作出版了五部长篇小说。在他众多的长篇小说中，真正获得过批评界普遍高度评价的，恐怕也只有《秦腔》与《古炉》两部。按照郭先生的逻辑，只要是"大腕"贾平凹的作品，批评界就会一拥而上大加赞词，那为什么他其他的长篇小说就没有获得过批评界的高度评价呢？由此可见，关键的问题，恐怕还是在于小说本身的思想艺术质量究竟如何。事实上,《秦腔》与《古炉》之所以能够获得很多批评家的认同肯定,与作品自身的艺术品质存在着非常紧密的内在联系。

郭洪雷在文章中说他曾经三次读过《古炉》。这样也就出现了一个问题,既然郭先生已经认定《古炉》是很糟糕的作品,那我真的很难想象郭先生的三次阅读是怎样进行的。难道他真的是硬着头皮带着反感如同经受精神苦刑一般地读了三次么?说实在话,我自己读《古炉》,也是前前后后认真地读过三次的。不过,我之所以反复阅读,是因为我打心眼里喜欢这部小说。正如同我在前面已经强调过的,在认真反复地阅读《古炉》之后,我认为,这是贾平凹较之于此前的《秦腔》《废都》更为杰出的一部长篇小说。由贾平凹的《古炉》,我居然不由自主地联想到了五六年前中国小说界曾经出现过的一场关于"伟大的中国小说"的文学论争。

那场不无激烈的文学论争,缘起于美籍华裔作家哈金提出的关于"伟大的中国小说"的概念。哈金是一位颇有影响的美籍华裔作家,他仿照"伟大的美国小说"的概念,提出了"伟大的中国小说"的艺术命题。哈金认为:"目前中国文化中缺少的是'伟大的中国小说'的概念。没有宏大的意识,就不会有宏大的作品。这就是为什么在现当代中国文学中长篇小说一直是个薄弱环节。在此我试图给'伟大的中国小说'下个定义,希望大家开始争辩、讨论这个问题。'伟大的中国小说'应该是这样的:一部关于中国人经验的长篇小说,其中对人物和生活的描述如此深刻、丰富、真确并富有同情心,使得每一个有感情、有文化的中国人都能在故事中找到认同感。"[1]正如哈金所预期的,他的这个概念的提出不仅引起了文坛的广泛注意,而且还引发了不同观点的碰撞与交锋。先是遭到了来

161

[1] 哈金《伟大的中国小说》,载《天涯》2005 年第 2 期。

自批评家吴亮与作家韩东的强烈质疑。在吴亮看来，所谓"伟大小说"只是一个"含混的大词"，"你没法让它清晰"。他认为："将某一类伟大的小说夸大成一切小说的敬拜物，将它推上祭坛，不过是文学懦夫的障眼法。"吴亮特别反感于哈金这一定义中强烈的道德意味，他认为文学（当然包括小说）只应被视为一种根本与道德无关的天才的产物："决定一部小说是否伟大或足够伟大的，是小说所展示的'幻想力量'，而不是'道德力量'。"因此，吴亮便特别强调应该将所谓"宽容""仁慈""爱""怜悯"这些属于道德范畴的语词在文学（小说）的词典中坚决地予以删除。[1] 韩东的质疑是从如何理解"伟大"开始的："如何定义'伟大'？用作品。作品定义'伟大'，而非'伟大'的定义规范作品，这是真正的小说理想主义，而在'伟大'的定义下的写作则显得过于实际和投机了。"依照这样的理解，韩东认为哈金定义的根本问题在于倒果为因："'伟大的文学'只可能是某种精神活动和力量的副产品，它不可能局限于文学，也不可能在文学内部产生。哈金念念不忘的'文学教材'《圣经》即不是以文学为目的的。另外，像卡夫卡、陀斯妥耶夫斯基的目标显然也不可能是'伟大的文学'，但它们的确又成就了伟大的文学。还是那句话，他们定义了'伟大'（用作品），但不被'伟大'的定义所定义。呼唤'伟大'这中间存在着严重的倒果为因问题。"因而，在韩东看来，只有那些破除了包括文学的"伟大"梦想在内的虚荣心之后的，"向内和向深处的沉入""无视于文学无视于文学史""将写作与一个人的存在、思考以及敏感紧紧绑在一起""应有文学之外的更迫切的精神焦点和紧张"的作家，方才可能写出真正"伟大"的文学作品来。[2]

那么，这样的质疑能否成立

---

[1] 吴亮《伟大小说与文学懦夫》，载《文学报》2005年9月1日第3版。

[2] 韩东《伟大在"伟大"之外》，载《文学报》2005年9月1日第3版。

呢？在我看来，韩东其实还是承认"伟大小说"存在的，他所质疑的只不过是抵达这样一种"伟大小说"的路径问题。韩东认为，真正的"伟大"是在不经意的过程中才可能产生的，那些怀抱"伟大"梦想的人实际上是很难抵达这样一种"伟大"境界的。那么，究竟依循什么样的途径才可以有效地抵达"伟大小说"的境界呢？那些怀抱"伟大"梦想的写作者真的就无法真正地"伟大"起来吗？诸如此类的问题其实是既无法证实也无法证伪的。从都承认存在着一种可以被称之为"伟大小说"的艺术事物这一点来看，哈金与韩东之间实际上并不存在根本性差异。值得注意的乃是吴亮的论调。从吴亮此文的基本主旨来看，他很显然是一个小说的技术论者，他把"伟大小说"理解为根本与道德无涉的天才的造物。很难想象，如果真的如吴亮所言将他所谓的这一切"道德"因素都完全剥离掉之后，剩下的所谓"伟大小说"究竟是一种怎样的怪物。所以，在这一点上，我更认同吴亮的反对者牛学智的观点。牛学智说："所以，吴亮一再强调的甚至不无嘲讽地要把'道德'，以至于'仁慈''爱''怜悯'以'宽容'的名义删除，拆除'文学等级'的栅栏，才可能迎来伟大的中国小说的生态的说法，我认为剩下的这个'伟大'，其实是一堆崇尚技术拼盘的糟糕的甚至于可怕的小说怪物，因为在他的阐述中，'伟大'小说，是拒绝向善、向美、向真，尤其痛恨道德、伦理的，不言而喻，在'幻想的力量'下诞生的伟大小说，其基本要件不外乎冷漠、残酷、暴力，或者封闭、自私、绝对内部的、绝对隐秘的，一句话，就是想到什么就是什么，想做什么就写什么的藏污纳垢的混合物。"[1] 实际上，笔者也很清醒，我知道在某种意义上说，哈金所谓"伟大的中国小说"当然带有

163

[1] 牛学智《"伟大"和"伟大的中国小说"的背面》，载《文学报》2005年9月15日第3版。

许多不具确定性的虚妄色彩，比如究竟怎样才算"中国人的经验"？究竟怎样才算抵达了"深刻、丰富、真确"的艺术境地？等等，均显得含混莫名，确也在某种意义上存在着"伪概念"的嫌疑。然而，正如牛学智所指出的，"伟大的中国小说"虽不见得是确定的实指，但也绝不是一个无边的虚指。所谓"伟大"，实际上意指着小说的一种艺术境界："视野的广阔、价值的普适性、审美的多义性等等，这其中自然包括道德的维度。"[1] 这一点，有我们日常普遍的阅读体验做着支撑。如果说，巴尔扎克的《高老头》与福楼拜的《包法利夫人》可以被称之为"伟大的法国小说"，托尔斯泰与陀斯妥耶夫斯基的一些作品是"伟大的俄国小说"的话，那么曹雪芹的《红楼梦》又何尝不可以被看作是"伟大的中国小说"呢？从这个意义上说，哈金所提出的"伟大的中国小说"的命题虽有诸多空泛粗疏之处，但作为一种理论的构想，尤其是作为一位写作者对一种小说的伟大境界的期待，也还是的确能够成立的。

之所以要由《古炉》而联想到哈金关于"伟大的中国小说"的概念，是因为就我个人的审美直觉而言，我觉得，贾平凹的这部《古炉》，实际上就可以被看作是当下时代一部极为罕见的"伟大的中国小说"。虽然我清楚地知道，我的此种看法肯定会招致一些人的坚决反对，甚至会被这些人视为无知的虚妄之言，但我却还是要遵从于自己的审美感觉，还是要冒天下之大不韪地做出自己一种真实的判断来。在我看来，"文革"结束之后，经过三十多年的积累沉淀，中国当代文学确实已经到了应该会有大作品产生的时候了。在某些时候，真正的问题或许并不在于缺乏经典的生成，而是缺乏指认经典存在的勇气。不无巧合意味的是，就在我动手写作此文的时候，正

[1] 牛学智《"伟大"和"伟大的中国小说"的背面》，载《文学报》2005 年 9 月 15 日第 3 版。

好读到了青年批评家黄平关于贾平凹《秦腔》的一篇批评文章。在这篇充满批判锐气的文章中，通过对于小说文本中诸多分裂状态的精彩分析，黄平得出了这样的一种结论："尽管《秦腔》的'立碑'近乎抵达了当下'乡土叙事'的极致，但是以一个理想的标准来衡量，《秦腔》离'伟大的作品'还有无法弥合的距离。毕竟，'今天的文学问题，不在于贾平凹所说的理念写作已造成灾难，而是中国作家最缺乏的是自己的理念。'在这个意义上，《秦腔》是一部伟大的未完成之作，或者说历史的'中间物'——这是中国从未经历过的剧烈变革的时代，这是一个需要巨人也正在期待巨人的时代。"[1]结合《秦腔》文本来看，黄平的判断还是具有相当道理的。这就是说，从乡土叙事的角度来说，《秦腔》确实存在着叙述者引生与夏风之间的分裂问题。对于这种分裂状况，黄平进行过深入剖析："在这个意义上，《秦腔》不是一部自洽的作品，而是一部'分裂'之作。其核心体现，还是落实到'引生'这个特殊的人物，尤其是他象征性地'自我阉割'。陈晓明曾精彩地指出了'阉割'与'叙述'的象征性关系，指出贾平凹在故事刚刚开场就设计了叙述人的自残，这是有意驱逐以往关乎'乡村'的种种外在的叙述。众所周知，在贾平凹的作品中，往往有一类人物承担'意义'的功能，即从《满月儿》的'陆老师'、《浮躁》的'考察人'以来的知识分子。尽管《废都》《白夜》中的知识分子形象开始下移，但还是能够看出叙述人对这类人物情感上的认同。《土门》算是一个变化，尽管范景全指出了'神禾源'作为'救赎'的可能，但是他的同事老冉的形象却相当不堪。《高老庄》中依然有知识分子的'声音'，但是在复调叙述的框架下，仅仅是众声喧哗的一种'声音'；《怀念狼》的

165

[1]黄平《无字的墓碑：乡土叙事的"形式"与"历史"》，载《南方文坛》2011年第1期。

高子明渴望找到拯救'现代人'的出路，但是最后自己几乎变成'精神病'，只能在家人怜悯的目光中不断声嘶力竭地'呐喊'。某种程度上，考察人—庄之蝶—夜郎—吴景全—高子路—高子明，知识分子的'功能'不断弱化，他们无法给出文本的意义。发展到《秦腔》，贾平凹尝试彻底剔除外在于乡土世界的'声音'：《高老庄》《土门》是出走的人又回来，所以才有那么多来自他们世界之外的话语和思考。现在我把这些全剔除了。'"[1]唯其如此，黄平才会作出这样的论断："小说结尾，如同'分成两半的子爵'，'引生'对'夏风'的召唤，是无法叙述（'阉割'）的乡土世界对伟大的乡土叙事的召唤。只有'引生'与'夏风'弥合的那一刻，乡土叙事将再次被激活。"[2]

在我的理解中，此处黄平所谈论着的"引生"与"夏风"，具有着突出的象征意义。假若说"引生"在某种意义上可以被理解为一种乡土精神的象征的话，那么"夏风"无疑也就可以被看作是知识分子启蒙精神的一种象征。在这个意义上，所谓"引生"与"夏风"的弥合，也就可以被看作是黄平在呼唤着一种新的融合乡土与知识分子精神的叙事理念。很显然，在他看来，贾平凹只有真正地拥有了如此一种叙事理念，方才有可能彻底实现对于自我的超越。如果我们承认《秦腔》确实是一部"伟大的未完成之作"，那么，《古炉》就绝对称得上是一部"伟大的中国小说"。然而，我们之所以强调《古炉》是一部"伟大的中国小说"，却并不是因为如同黄平所说的，"引生"与"夏风"实现了真正的弥合。在我看来，在《古炉》中，贾平凹当然有效地克服了《秦腔》中"引生"与"夏风"的分裂状态，但这却并不意味着必然地实现了二者之间的弥合，并不意味着贾平

[1] 黄平《无字的墓碑：乡土叙事的"形式"与"历史"》，载《南方文坛》2011年第1期。
[2] 同上。

凹再次引入了知识分子的启蒙精神。事实上，贾平凹的《古炉》之所以能够超越《秦腔》，一个非常关键的原因就在于贾平凹更主要地凭借着狗尿苔这一人物形象而引入了悲悯情怀这样一种新的可以统摄小说全篇的叙事理念。关于这一点，我们在前面的"悲悯情怀"一部分已经进行过深入的分析，这里就不再展开了。总之，如果说《秦腔》最根本的一个艺术缺陷正在于寻找不到一种恰切的思想理念统摄全篇的话，那么，《古炉》的难能可贵之处，就在于贾平凹终于寻找到了悲悯情怀这样一种新的叙事理念。很显然，如果缺乏如此一种叙事理念的统摄与烛照，贾平凹笔端的古炉村就不会呈现出现在我们所看到的这样一种生存景观。正因为贾平凹在小说的写作过程中有效地克服了《秦腔》中的叙事分裂状态，所以，《古炉》才应该被看作是一部具有强烈经典意味的"伟大的中国小说"。

167

本书中的一部分曾经以《"一部伟大的中国小说"》[1]为题发表在《小说评论》2011年的第3、4期上。文章发表后，曾经引起过一些争议。其中，最有代表性的一篇文章，就是陈歆耕的《什么是"伟大的中国小说"》。[2]在这篇文章中，陈歆耕认为：《古炉》伟大在何处呢？评论者在他的长篇大论中，做了许多具体阐述，如'"文革"叙事''乡村常态世界的发现与书写''日常叙事''悲悯情怀'等等，但读遍全文并没有充分的理由让我信服这是一部'伟大的中国小说'。但也有一些读过作品的人，认为其流水账式的琐碎的叙事风格，让人毫无阅读快感。一地鸡毛，却不是一只鲜活的鸡；一堆秦砖汉瓦，却不是一座结构精美的宫殿；凭什么让人对'那

---

[1] 王春林《"一部伟大的中国小说"》，载《小说评论》2011年第3、4期。需要特别说明的一点是，此文原名《日常叙事中的悲悯情怀》，发表时编辑部改为现名。

[2] 陈歆耕《什么是"伟大的中国小说"》，载《中华读书报》2011年9月29日。

些鸡零狗碎的泼烦日子'会产生阅读兴趣？其直达人心、让大多数人产生'认同感'的艺术力量在哪里？诚如评论者所称道的，一部'以佛道思想做底子'的小说，能为现代人提供什么新的精神养料？"经典小说要经过时间检验，要经得起重读。并且人们总是乐意、抑制不住要去重读的愿望……我想，一部'伟大的中国小说'起码也应具备上述两个要素。把一部出版没几天的小说，就判定其为罕见的'伟大的中国小说'，是要冒极大风险的，谁敢预测它在读者中的'保鲜期'会有多久？如果你的判断和作品的生命力之间的落差太大，读者起码要对评论者的专业素质和艺术感受力产生怀疑。作者在文中说：'在某些时候，真正的问题或许并不在于经典的生成，而是缺乏指认经典存在的勇气。'建立在'武断'的基础上'勇气'还是少一点好，'经典的生成'并不依赖于少数评论者的'指认'，而是需要大多数读者的阅读'认同'。"

对于陈歆耕的批评意见，我的理解答复如下：其一，当我指认贾平凹的《古炉》为"一部伟大的中国小说"的时候，确如陈歆耕所言，是给出了较为充分的具体阐述的。现在的问题是，陈歆耕既然不认同我的结论，他为什么不结合小说文本进行逐条的反驳呢？只是笼统地引述"一些读过作品的人"的看法，试图以此来替代充分的说理分析，很显然是缺乏说服力的。我希望看到的是，陈歆耕能够结合文本，就自己的观点展开更进一步的阐述。至于一部"以佛道思想做底子"的小说，究竟能不能为现代人提供精神养料，我想，也未必就不能吧。道理其实也很简单，曹雪芹《红楼梦》就应该说是一部"以佛道思想为底子"的作品，我们现代人仍然在不断地阅读这部经典，不也一直在从其中汲取精神养料么？其二，我也特别认同陈歆耕在文章中所引述的库切与卡尔维诺关于经典的定义。一部经典作品的确认，肯定需要经过时间的过滤与淘洗。

但问题在于，是不是因为经典的确认需要时间的检验，我们作为作家的同时代人就不能够对作品的思想艺术价值做出判断了呢？难道我们只可以躺在那里静等时间的自然淘洗么？关键还有一点，所谓的时间淘洗，从根本上说，依然少不了历代批评家的分析与判断。假若缺少了历代批评家的积极的分析与判断，时间自身其实并不能自动完成所谓经典作品的筛选过滤工作。我清楚地知道，贾平凹的《古炉》是不是经典作品？能不能被看作是一部"伟大的中国小说"？并不是哪一个人说了就算数的。但这，却并不就意味着我们就没有做出相应艺术判断的权力。都说文学批评很难，都说否定性的文学批评很难，其实，一种肯定性的文学批评又何尝容易呢？文学批评的本意到底是什么？我想，在众多的文学作品中，能够沙里淘金，能够把其中极少数优秀的作品发掘出来，并且通过合理的思想艺术分析将其思想艺术价值充分彰显，恐怕正是文学批评一种非常重要的职责所在。根据我自己多年从事文学批评工作的体会，要想做出合理的肯定性评价，实际上可能比那种否定性的评价还要困难许多，需要批评者有更大的勇气。很显然，我对贾平凹《古炉》的充分肯定，不仅建立在我充分细读文本的基础上，而且也是建立在我自己的审美艺术经验之上的。我并不是艺术真理的把握者，我的判断或许会出现失误，但这却并不就意味着我不可以做出自己艺术评断。在这里，我最后想表达的一点就是，正如同贾平凹《古炉》的思想艺术价值需要经过时间的检验一样，我对《古炉》的基本判断，也等待着来自于时间长河的残酷检验。